U0047954

面對
尤利西斯

莊信正———

著

增訂新版

Ulysses … is a book to which we are

all indebted, and from which none of

us can escape.

—— **T. S. Eliot**, "*Ulysses*, Order,

and Myth".

ULYSSES

by

JAMES JOYCE

SHAKESPEARE AND COMPANY

12, Rue de l'Odéon, 12

PARIS

1922

《尤利西斯》初版封面

詹姆斯·喬伊斯，攝於 1915 年左右。（《尤利西斯》從 1914 年 3 月開始創作， 1921 年 10 月 29 日脫稿。）

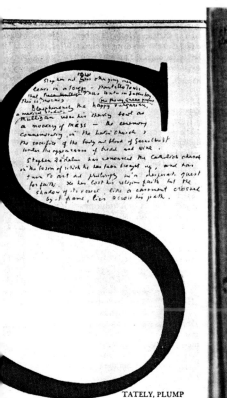

這是到 1960 年代為止美國 Random House 各版《尤利西斯》的開頭；筆記和眉批為 Vladimir Nabokov 在美國大學講課前閱讀時所作。有幾個細節值得注意。左頁全被一個大"S"所佔，右下角才不惹眼地印著"TATELY, PLUMP"，因此 Nabokov 在右頁（起首"Buck Mulligan……"恰如全書開端）左上角特別重寫"Stately, plump"，彷彿怕忘記或忽略。右頁第 8 行"Kinch"上面的注"his nickname（"knifeblade"）for Stephen Dedalus")和倒數第 5 行"Your absurd name, an ancient Greek"後面加的注"Dedalus"都是看了下文以後回頭加的。

喬伊斯創作前通常作詳細的筆記；要寫稿時先用紅、綠、藍或石板（暗藍灰）色彩筆把
決定利用的語詞打槓提醒自己；未槓過的語詞幾乎從未在稿中出現。此圖是《尤利西斯》
第十七章的一頁筆記以及所畫的槓。

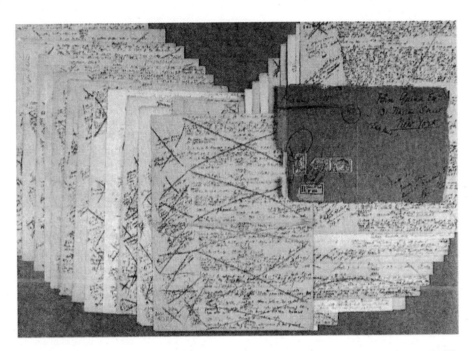

《尤利西斯》第十七章的部分手稿，是本世紀才發現的。據 2000 年 12 月 12 日《紐約時報》報導，共含二十七大張繪圖用紙（graph paper）；其內容與最後定稿頗為不同。（由紐約的 Christie's 負責拍賣，預期可得 80 萬至 120 萬美元。）

喬伊斯創作過程中一大特色是不斷修改增補：即使書已排印，他校對時仍然大量加寫。從右列兩頁（屬於第十六章下半節──一九八六年 Random House 版頁 535-6）可以看出一斑。

as quite possibly
there were others.

604

, even supposing she
was the best wife
in the world for the
sake of argument,

On the other hand what incensed him more inwardly was the blatant jokes of the cabmen and so on, who passed it off as a jest, laughing immoderately, pretending to understand everything, the why and the wherefore, and in reality not knowing their own minds. it being a case for the two parties themselves unless it ensued that the legitimate husband happened to be a party to it owing to some anonymous letter from the usual boy Jones, who happened to come across them at the crucial moment locked in one another's arms, drawing attention to their illicit proceedings and leading up to a domestic rumpus and the erring fair one begging forgiveness of her lord and master upon her knees, though possibly with her tongue in her cheek at the same time. He personally, being of a sceptical bias, believed, and didn't make the least bones about saying so either, that man, or men in the plural, were always hanging around, about a lady, when she chose to be tired of wedded life, to press their attentions on her with improper intent, the upshot being that her affections centred on another, the cause of many *liaisons* between still attractive married women getting on for fair and forty and younger men, no doubt as several famous cases of feminine infatuation proved up to the hilt.

Ls,

on the
waiting
list

It was a thousand pities a young fellow blessed with brains, as his neighbour obviously was, should waste his valuable time with profligate women. In the nature of single blessedness he would one day take unto himself a wife when when Miss Right came on the scene but in the interim ladies' society was a *conditio sine qua non* though he had the gravest possible doubts, as to whether he would find much satisfaction basking in the boy and girl courtship idea and the company of smirking misses without a penny to their names bi- or tri-weekly with the orthodox preliminary canter of complimentpaying leading up to fond lovers' ways and flowers and chocs. To think of him house and homeless, rooked by some landlady worse than any stepmother, was really too bad at his age. The queer suddenly things he popped out with attracted the elder man who was several years the other's senior or like his father. But something substantial he certainly ought to eat, were it only an eggflip made on unadulterated maternal nutriment or, failing that, the homely Humpty Dumpty boiled.

and walking
out

not that he
wanted in
the smallest
to ....?

— At what o'clock did you dine? he questioned of the slim form and tired though unwrinkled face.

— Some time yesterday, Stephen said.

— Yesterday, exclaimed Bloom till he remembered it was already to-morrow, Friday. Ah, you mean it's after twelve

Stephen about Miss
Ferguson;

who might present him with a ni
dose to last him his lifetime

T, neglecting her duties,

⊥ and was on for a little flutter in polite debauchery

I in a loving position

party to it owing to some anonymous letter from the usual boy Jones, who happened to come across them at the crucial moment locked in one another's arms drawing attention to their illicit proceedings and leading up to a domestic rumpus and the erring fair one begging forgiveness of her lord and master upon her knees and promising sever the connection with tears in her eyes though ⌐possibly with her tongue in her cheek at the same time as quite possibly there were others. He personally, being of a sceptical bias, believed, and didn't make the least bones about saying so either, that man, or men in the plural, were always hanging around on the waiting list about a lady, even supposing she was the best wife in the world for the sake of argument, when she chose to be tired of wedded life to press their attentions on her with improper intent, the upshot being that her affections centred on another, the cause of many *liaisons* between still attractive married women getting on for fair and forty and younger men, no doubt as several famous cases of feminine infatuation proved up to the hilt.

It was a thousand pities a young fellow blessed with an allowance of brains, as his neighbour obviously was, should waste his valuable time with profligate women who might present him with a nice dose to last him his lifetime. In the nature of single blessedness he would one day take unto himself a wife when when Miss Right came on the scene but in the interim ladies' society was a *conditio sine qua non* though he had the gravest possible doubts, not that he wanted in the smallest to pump Stephen about Miss Ferguson as to whether he would find much satisfaction basking in the boy and girl courtship idea and the company of smirking misses without a penny to their names bi- or tri-weekly with the orthodox preliminary canter of complimentpaying and walking out leading up to fond lovers' ways and flowers and chocs. To think of him house and homeless, rooked by some landlady worse than any stepmother, was really too bad at his age. The queer suddenly things he popped out with attracted the elder man who was several years the other's senior or like his father. But something substantial he certainly ought to eat, were it only an eggflip made on unadulterated maternal nutriment or, failing that, the homely Humpty Dumpty boiled.

— At what o'clock did you dine? he questioned of the slim form and tired though unwrinkled face.

— Some time yesterday, Stephen said.

— Yesterday, exclaimed Bloom till he remembered it was already tomorrow, Friday. Ah, you mean it's after twelve!

e/ n/

√ to

(H)

⊥ several

H smallest.

I and they got on well together

fairly

I and not receive his visits any more if only the aggrieved husband would overlook the matter and let bygones be bygones

H *eyes* *fair*

⊥ l

⊥ (who was very possibly the particular lodestar who brought him down to Irishtown so early in the morning)

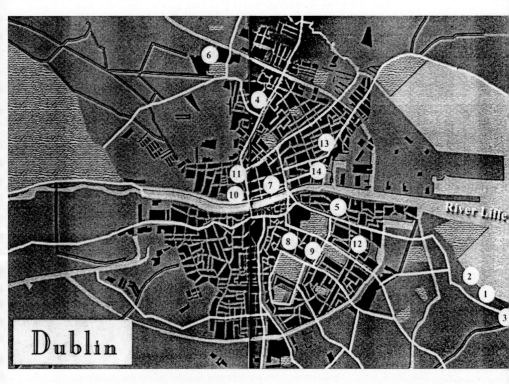

Dublin

都柏林簡略示意圖。由西向東橫穿市區的是黎菲河（River Liffey）。其他與《尤利西斯》有關的地名如下：① Sandycove（見第一章）；② Sandymount 海濱（第三章）；③ Dalky（第二章）；④ 7 Eccles Street（第四、十八章）；⑤郵局（第五章）；⑥ Glasnevin 區 Prospect 公墓（第六章）；⑦報社（第七章）；⑧ Davy Byrne 酒館（第八章）；⑨國立圖書館（第九章）；⑩ Ormond 旅館（第十一章）；⑪ Barney Kiernan 酒館（第十一章）；⑫產科醫院（第十四章）；⑬紅燈區（Nighttown，第十五章）；⑭ Cabman's Shelter（第十六章）。

都柏林：由黎菲河分為南北二區。攝於 1900 年代初期。這裏 Whitworth 橋左邊的大建築物是 Four Courts（四法院──見第十章），內戰時期（1922）被毀。橋右河面上有兩艘運酒的船。

Sandycove：都柏林東南小海灣。最遠處之碉樓即 Martello Tower ；碉樓左後方為海水浴場 "Fortyfoot hole"，皆見小說第一章。碉樓現已成為喬伊斯博物館（James Joyce Museum）。此照攝於 1904 年左右。

《尤利西斯》男女主角布魯姆夫婦 1904 年 6 月 16 日所住的都柏林 Eccles 街
7 號於 1982 年拆毀,重建新屋,即上圖中的 78 號;因此門前掛著"Bloom
House"的牌子。原先 7 號的前門也已鄭重取下,現放該市 Duke 街 Bailey
Bar and Restaurant 中供人憑弔。

愛爾蘭共和國為紀念喬伊斯而發行的郵票。下面四行虛擬發信者在信封上手寫的地址：“Malachi Mulligan Esq/Martello Tower/Sandycove/Dublin”。收信人在書裏通常稱為 Buck，是第一章的重要角色。

I TELEMACHIA

	Name	Locale	Time	Main Protagonists
1	Telemachus	The tower, Sandycove	8.00-8.45 a.m.	Stephen, Mulligan,Haines
2	Nestor	The school, Dalkey	9.45-10.30 a.m.	Stephen, Mr Deasy
3	Proteus	Sandymount strand	11.00-11.45 a.m.	Stephen

II ODYSSEY

4	Calypso	Chez Bloom	8.00-8.45 a.m.	Bloom, Molly
5	Lotos-eaters	Westland Row	9.45-10.30 a.m.	Bloom
6	Hades	Cortége, Cemetery	11.00-12 noon	Bloom, mourners
7	Aeolus	Newspaper office	12.00-1.00 p.m.	Stephen, Bloom, talkers
8	Lestrygonians	Streets, Davy Byrne's	1.00-2.00 p.m.	Bloom
9	Scylla and Charybdis	Library	1.45-3.00 p.m.	Stephen, librarians, Mulligan
10	Wandering Rocks	Streets	2.55-4.00 p.m.	Everybody
11	Sirens	Ormond Bar	3.38-4.30 p.m.	Bloom, Si Dedalus, drinkers
12	Cyclops	Barney Kiernan's pub	4.45-5.45 p.m.	Bloom, drinkers, 'The Citizen'
13	Nausicaa	Sandymount strand	8.00-9.00 p.m.	Gerty MacDowell, Bloom
14	Oxen of the Sun	Hospital, pub	10.00-11.00 p.m.	Bloom, Stephen, medicals
15	Circe	Brothel	11.15-12.40 p.m.	Bloom, Stephen, whores et al.

III NOSTOS

16	Eumaeus	Shelter	12.40-1.00 a.m.	Bloom, Stephen
17	Ithaca	Chez Bloom	1.00-1.45 a.m.	Bloom, Stephen, Molly
18	Penelope	Bedroom	1.45-2.20 a.m.	Molly

喬伊斯為《尤利西斯》親製的幾種梗概（scheme 或 plan）與小說內容不完全相符，因此專家們加以修訂，而也往往彼此不同。這是 Clive Hart 的版本，經 Hugh Kenner 略加更改。由左至右依次表明各章的章次及（原先的）標題，情節發生地點，時間和主要人物。

在北京、天津舉辦中國首屆詹姆斯‧喬伊斯國際學術研討會，九歌與會代表：莊信正（右一）、李奭學及夫人（左一、二）、曾麗玲（左三）、蔡文甫（右二）。
（一九九六年七月七日天津）

目　錄

7. Bloomsday

卷 五

自 序

　　本書收了我十多年來關於《尤利西斯》長長短短的文字（另外有一本專書和若干短文，見〈參考書目〉），大都是應邀爲書刊或研討會所寫。這次結集時除了對先前發表過的作了或大或小的修訂和增補以外，並加寫了喬伊斯年譜、著作概說、《尤利西斯》各章提綱和參考書目等，在空間允許的情況下皆力求詳盡，希望就這部小說和這位小說家提供比較全面的資料。

　　書前引了美國詩人兼喬伊斯友人艾略特的一段話。他的對象顯然是從事文學專業的「小眾」，但是愛好文學的大眾對這本以隱曲複雜著名的巨著也不必敬而遠之，同樣可以打開來試試看——畢竟在二十世紀英文小說中它已被公認爲最具魅力和影響力的經典之作。其實有的章節固然難懂（連專家都有同感），有的則至少在字面上平易近人，如果能支持二、三十頁便很可能漸漸發現其委婉隱曲之處更引人入勝，而樂於繼續下去。當前各種參考資料已舉不勝舉；除了兩種漢譯本以外，想直接看原文的讀者可以利用專書性的註解（如 Gifford）和導讀（如 Blamires，皆見本書〈參考書目〉）。我 1980 年代初讀時是硬著頭皮從頭開始的，其實可以先看第四、五、六章，再回頭看第一、二、三章；原因是頭三章的文字、技巧和內容比次三章艱澀，而二者的時間可以說完

全相同，情節完全不相關聯；第四章同第一章一樣可以視爲整個
故事的開頭。從第五章開始順序看下去，但第九、十四、十五和
十七各章不妨跳過。據我所知，包括文學名家在內，很多人沒有
通讀過，而隨時翻閱某些片段。

去年是「布魯姆日」（Bloomsday —— 1904 年 6 月 16 日）
100 周年，世界各地舉行了特別盛大的慶祝活動；當時本書已經
排好，卻因我正在做別的事而未能及時出版。現在湊巧碰到 101
周年的當口與讀者見面，值得一記。

莊信正

—— 2005 年 5 月 1 日，紐約

卷　一

喬伊斯年譜

1882　2月2日喬伊斯——James Augustine Joyce——生於愛爾蘭
　　　（當時仍爲英國殖民地）首府都柏林市郊的 Rathgar。父親
　　　名 John Stanislaus，是《尤利西斯》第二男主角 Stephen
　　　Dedalus 之父 Simon 的模特兒。母親名 Mary Jane，原姓
　　　Murray（小說多次提到，並在第十五章的幻境中顯靈）。她
　　　前後生子女十五人，五個夭折；倖存十個當中喬伊斯居
　　　長。5月，愛爾蘭民族主義者在都柏林 Phoenix Park 刺殺
　　　英國統治當局兩位官員（小說中多次直接間接提到）。

1883　弟弟 Stanislaus 生。從小開始他對喬伊斯最親近（念小學時
　　　二人往往一起逃學），也最了解；其日記和回憶錄爲研究喬
　　　伊斯者必備的第一手資料。他一生處在哥哥盛名的影子下
　　　面，並不舒服。兄弟曾經失和，至終未能和好如初。他對
　　　《尤》和 *FW*（*Finnegans Wake*）都很反感（二書對他都有
　　　不利的影射；《尤》第九章：「兄弟就像雨傘那樣容易忘
　　　記」），尤其嫌惡後者，寫作期間屢屢建議放棄。出書後哥
　　　哥要贈送一本，被他斷然拒絕。但血濃於水，喬伊斯死前
　　　寫的最後一封信是給他的短簡。

1888　就讀 Clongowes Wood College（耶穌會所辦男子小學；《尤》
　　　中數次提到）。

1889　喬伊斯爲自己取聖名（Saint's name）Aloysius（St. Aloysius
　　　Gonzaga：義大利人，十六世紀義大利耶穌會聖者，以貞

潔著稱），全名遂成 James Augustine Aloysius Joyce 。

1890　愛爾蘭民族主義領袖 Charles Stewart Parnell 因與有夫之婦
相戀同居而被告到法院，議論洶洶，終於導致內部分裂，
失去 Home Rule Party 黨魁地位，次年病死。喬伊斯的父親
因擁護 Parnell 而得較好工作機會，因此事而失業，他又嗜
酒懶散，生活漸漸難以維持。喬伊斯對 Parnell 終身懷有好
感，從九歲所寫悼詩到最後長篇 *Finnegans Wake* 都念念不
忘；《尤》中屢屢提到他。

1891　家貧，輟學。賦詩 "Et Tu, Healy?"，痛斥 Parnell 副手
Timothy Healy 是叛徒，出賣首領。詩已失傳。

1892　家貧，遷居都柏林市內。

1893　4 月入 Belvedere College（亦耶穌會所辦）為免費生。

1894　上課時老師指定讀 Charles Lamb 所著 *Adventures of Ulysses*
並說明最喜歡書中哪位英雄。喬伊斯與眾不同，捨 Achilles
和 Hector 而取 Ulysses（Odysseus）。撰寫 *Ulysses* 期間
（1917）對友人說十二歲時已欣賞 Ulysses 這個人物的「玄
秘」（mysticism），短篇小說集 *Dubliners* 出版前一度想用
Ulysses in Dublin 為書名；*A Portrait of the Artist as a Young
Man* 寫到一半已悟出其續集該是現代《奧德賽》故事，因
此胸有成竹，一脫稿便開寫 *Ulysses* 。小說初成時原稿表明
共分十八章（episode），每章根據《奧德賽》的情節或人物
取名；如第六章稱 Hades（史詩第十一章 Odysseus/Ulysses
進入冥府），最後一章稱 Penelope（這位英雄的妻子）。但
交印之前他決定秘而不宣，把章次和標題刪除。──喬伊
斯不懂古希臘文，讀荷馬時用的是譯文。

1896　年方十四而已開始嫖妓（Stanislaus 在上引書中多次談到；

A Portrait of the Artist as a Young Man 第二章結尾有極生動感人的描寫）。喬伊斯對性始終抱異於常人的興趣，在著作中念念不忘，他弟弟、蕭伯納和威爾斯等都指出過這一特點。盡人皆知，性是《尤》的重要題材之一。

1897　獲愛爾蘭英文作文同年級首獎。在 1890 年代這段求學期間寫過一系列小品文（*Silhouettes*）和第一本詩集（*Moods*），皆失傳。

1898　家計日益拮据，連年多次遷居較低廉住處。（他弟弟後來列一清單，發現約十一年內竟有九個不同住址；喬伊斯一生住過的地址見其書信集第二冊，長達八頁。）9 月進都柏林「皇家愛爾蘭大學」（後稱 University College）。在校期間功課很好，惟有化學例外，成為日後放棄醫學的預兆。

1900　去倫敦小住。開始以散文詩形式記錄其 epiclesis（或稱 epiphany：頓悟）。著文盛讚易卜生近著《當我們死者復甦時》。易卜生讀後很高興，託其作品英譯者代為致函道謝。現存喬伊斯以剛學會的挪威文寫給易卜生祝賀七十三歲壽辰的長信。喬伊斯早年對這位大戲劇家極為推崇，曾再三表示他優於莎士比亞。儘管如此，《尤》中只有一次直接提到易卜生：布魯姆和斯蒂芬半夜後離開風化區，走在街上，斯蒂芬「想去想」（thought to think of）易卜生（見第十六章第二段）。提到莎士比亞則難以勝計；第九章很可能直接間接提到過莎翁的所有劇作（約三十六部）；據 Atherton（見本書參考書目，下同），*Finnegans Wake* 中則確實出現或影射過全部莎劇的名稱。另外，喬伊斯生前也愛讀《聖經》，並也十分推崇但丁。在易卜生等人的影響之下寫了四幕劇 *A Brilliant Career*，寄一批評家請教，反應不好，遂未脫稿。現已失傳，僅存扉頁。這段時間另外寫過詩劇 *Dream Stuff*，和詩集 *Shine and Dark*，也只存片段。

1901　著文抨擊葉茲（Yeats）等所創 Irish Literary Theatre（後稱 Abby Theatre）及其狹隘的民族主義和恢復愛爾蘭語以取代英文的動機。喬伊斯日後成為英文大師，而且精通另外數種語文，尤其法文和義大利文（見下），卻偏偏不懂愛爾蘭語；曾學習過，但很快就廢然而止。反對偏激的愛爾蘭民族主義是《尤》的一個重要主題。兩個男主角都公開表示這一立場。第十三章以辛辣筆法渲寫的那個所謂「公民」尤其令人難忘。

1902　10 月大學畢業，獲現代語文（英、法、義）學士學位；現存他四年的成績單，平平無奇，及格而已。結識葉茲和 Lady Gregory。經倫敦去巴黎學醫，但因學位和學費兩個問題未能入學；他的興趣也並不大。大半時間去圖書館閱讀。貧窮而仍能嫖妓。為都柏林報刊寫書評賺點稿酬（如《尤》中的 Stephen），不到一年發表二十三篇。返都柏林過聖誕節。大學期間不但開始厭棄愛爾蘭民族主義政治，也不再信奉天主教。喬伊斯推紐曼（John Henry Newman）為英國最偉大的散文家，對其風格很激賞，但當這位大主教筆下傳道意味太濃時他會感到不耐煩。（艾略特認為對喬伊斯散文影響最深遠的是紐曼和佩特 Walter Pater 二大家。）《尤利西斯》出版後喬伊斯的德國友人、文學史家 Ernst Curtius 在其專著 *James Joyce und sein Ulysses*（1929）中直稱這部小說為「撒旦的書，反基督的作品」。

1903　年初經倫敦返巴黎。2 月在家書中向母親訴說他幾天以前曾經「42 小時沒有錢吃飯」；3 月則向她預告 1907 年春他會出詩集，過五年會出第一部喜劇，再過五年出「美學」（Esthetic）。 4 月因母親病危返都柏林（《尤》第三章 Stephen 收到父親打來電報："Nother dying come home father"），但 8 月才辭世。喬伊斯童年備受母親疼愛，對她也極仰賴，後因失去宗教信仰令她非常痛苦。後來喬伊斯說死因是多年受他父親虐待，對他自己失望，加以積勞成疾。（《尤》第一章 Mulligan 指控 Stephen 害死母親；Stephen 始終對亡母軫念不已。）未返巴黎，留在都柏林。

1904　春天因患輕度性病而求醫。讀社會主義和無政府主義著作，包括巴枯寧和克魯泡特金。 8 月弟弟在日記中說他自稱社會主義者，後來在回憶錄中提到他旅居 Trieste 期間仍然如此。曾對英文課的學生宣稱世上所有政府全都是盜賊。及至成名後受到馬克思主義者批評，他大惑不解，對知交 Eugene Jolas 抱怨說「我不知道他們為什麼要攻擊我；我寫的所有書裏沒有一個人的財產超過一千英鎊。」在都柏林市郊一私立學校教書（參看《尤》第二章）。遷居多次，一度寄住友人 Oliver St. Gogarty 所租 Martello Tower（參看第一章），不到一周因意外變故而倉促離開（9 月 9 日搬進， 14 日當夜遷出）二人自此結怨；這座碉堡現已變成喬伊斯博物館。 6 月 10 日在都柏林街上偶遇一公寓女工 Nora Barnacle，一見鍾情，上去攀談。首次約會她未出現；他寫一信訴說失望之苦，終於在 16 日相聚。《尤》的情節發生在這天，出版後經喬伊斯鼓動，成為所謂 "Bloomsday"（Bloom 是第一男主角的姓）。 8 月喬伊斯在 Irish Homestead 周刊發表三篇小說（後來收入 *Dubliners*），用筆名 Stephen Daedalus；本年開始撰寫的第一部長篇

Stephen Hero（未完成）的主角就用此名，後來在 *A Portrait*
和《尤》中把姓簡化爲 Dedalus。儘管他知道對 Nora 認識
不夠，心存疑惑，喬伊斯 10 月 8 日同她私奔，去歐洲大
陸。在 Pola（Trieste 南邊一百五十英里，當時爲奧匈帝國
軍港）之 Berlitz School 教英語。極厭惡該城，謚之爲「海
洋西伯利亞」。

1905 遷往 Trieste（當時也屬奧匈帝國）。在 Berlitz School 教英
語。上半年致函弟弟，以「社會主義藝術家」自詡。和王
爾德一樣認爲社會主義可以保護個人的獨立自由。反對財
產制度。7 月兒子 Giorgio（George）生。Stanislaus 應喬
伊斯之邀也去 Trieste 教英語，以薪酬補助兄嫂；後來在大
學講授英國文學。

1906 7 月遷居羅馬，在一銀行工作。9 月致函 Stanislaus，提到
想寫 Dubliners 中以 Mr.Hunter 爲主角的一篇，定名爲
"Ulysses"。11 月在一封長信裏問他喜不喜歡這個標題；
12 月又要他提供與此人有關的資料。這位 Hunter 實有其
人，住都柏林，謠傳是猶太人，妻子不貞（像《尤》中的
Bloom 和 Molly）。但由於窮愁，這個短篇從未動筆；又因
禍得福，至終鋪展而成《尤利西斯》；喬伊斯晚年常說這
部長篇是在羅馬起步的。開始寫短篇 "The Dead"，次年脫
稿。

1907 2 月致函其弟說 "Ulysses" 除篇名外一字未成，並提到如
果環境許可，還有五篇題目可寫，其一即 "The Dead"。在
羅馬的七個月遭遇很壞；工作枯燥乏味，沒有時間寫作。
有一次在街上兩個騙子把他的錢包掏去，然後冒充警察，
煞有介事地陪他去警察局報案。3 月初搬回 Trieste。5 月

Chamber Music 出版（三十六首抒情詩，主要爲 1903 年在巴黎所賦），是他出版的第一本書。他從小歌喉很好，曾想成爲專業歌唱家。這些詩他明白表示希望譜曲，後來果然由 J. M.Palmer 譜成三十二首，但直到 1993 年才被重新發現並出版。開始爲一義大利報紙撰文。 11 月 10 日他弟弟在日記中提到他想把 "Ulysses" 擴大寫成「短書」，仿易卜生名劇《彼爾‧英特》（*Peer Gynt*）刻畫都柏林人一天的生活。

1908　窮愁──貧賤夫妻百事哀。寫成 *A Portrait of the Artist as a Young Man* 頭三章。

1909　7 月帶稚子返都柏林小住。舊識 Vincent Cosgrave 對喬伊斯揚言當年曾與 Nora 有染，喬信以爲眞，寫信質問 Nora ，幸有 Stanislaus 和一友人力辯，才知道受騙。在喬伊斯筆下，背叛是重要題材： Molly 的通姦行爲是《尤》全書主線之一； Vincent Cosgrave 是小說中猶太型人物 Vincent Lynch 的原型。年底隻身再返都柏林籌畫開設該市第一家電影院，未果。

1910　年初返 Trieste 。窮困潦倒。

1911　出版商拒印 *Dubliners* ，喬伊斯多方設法（包括上書英王）求助，徒勞無功。

1912　開始在一大學講莎士比亞《哈姆雷特》。該劇在《尤》中佔突出的地位；第九章斯蒂芬所發的議論──包括 Hamlet 即莎翁獨子 Hamnet ──是喬伊斯經過大量閱讀研究之後的力作。另外，這兩個敏感而孤高的青年主人公之間也有類似之處。 8 月一家四口先後返都柏林，經他兩個妹妹堅持，偷偷安排讓 Giorgio 受天主教洗禮；此事喬伊斯始終被蒙在鼓裏。9 月回 Trieste，爲喬伊斯最後一次故國重遊。
印刷商銷毀 *Dubliners* 原稿，指其內容反愛爾蘭。

1913 由葉茲介紹與龐德（Ezra Pound，時任葉茲秘書）通信。
講完《哈姆雷特》（共十二次）。當時聽眾反應頗爲熱烈。
可惜講稿沒有存留下來；在很大程度上想必是上述斯蒂芬
關於該劇的議論的張本。

1914 3 月開始寫《尤利西斯》，繼因趕完劇本 *Exiles* 而暫停。經
過種種挫折屈辱和八年的漫長歲月，*Dubliners* 於 6 月出
版，末篇即 "The Dead"。作自傳性筆記 *Giacomo Joyce*
（1968 年才問世），寫他單戀英文課上一女學生的事，其內
容成爲《尤》多次利用的原始資料（Giacomo 是 James 的
義大利文形式）。8 月發生第一次世界大戰。

1915 1 月 Stanislaus 被奧匈當局逮捕，拘留至戰爭結束。*A
Portrait of the Artist as a Young Man* 脫稿。5 月，*Exiles* 脫稿
（1918 年才出版）。此劇也深受易卜生的影響。6 月 16 日
（"Bloomsday"）致函 Stanislaus：「我寫了一點東西。我的
新長篇 *Ulysses* 第一章寫成了。第一卷——'Telemachia'
——共有四章；第二卷十五章，即尤利西斯的漂泊；第三
卷三章，寫尤利西斯重返家園。」經喬伊斯承諾保持中立
後全家獲准遷往瑞士蘇黎世。繼續撰《尤》。第十一章開頭
採用賦格曲（fugue）形式，隱曲難解，郵寄時瑞士當局因
懷疑是用密碼同交戰國暗通消息而沒收。經葉茲和龐德積
極推薦，獲英國皇家文學基金頒 75 英鎊，分九個月發給。

1916 記 "A Notebook of Dreams"，錄 Nora 的夢和他的解釋。繼
續撰《尤》。紐約一書店出版 *A Portrait of the Artist as a
Young Man*。又經葉茲和龐德協助，得英國皇室專款

（Civil List）頒 100 英鎊；8 月致函向葉茲道謝，提到其前半年內 *Dubliners* 總共賣了七冊。

1917　2 月 Harriet Shaw Weaver 女士開始資助喬伊斯以便全力從事著述，自此持續不斷，至終捐贈爲數相當於目前一百多萬美元。 Weaver 可能是他平生最忠誠的支持者，除財務外在精神上也盡量相助（有人認爲她可能在單戀他；她終身未婚）。年底《尤》頭三章脫稿。眼睛第一次動手術。據說曾在飯館認識也住在蘇黎世的列寧。

1918　龐德擔任 *Little Review*（紐約）歐洲通訊員。經他大力推薦該刊開始連載《尤利西斯》，持續二十三期，披露第一章至第十四章開頭；在定期交稿的壓力下喬伊斯積極趕工，除夕完成第九章。 5 月 *Exiles* 出版。認識 Frank Budgen，成爲忘年摯友。美國的 Harold McCormick 夫人（石油大王洛克菲勒之女）開始資助喬伊斯。 11 月第一次大戰結束。年底從住處窗口瞥見對面一少女剛小便完畢，其後攀交，知道她叫 Marthe Fleischmann，二人暗中通信調情（現存他用法文寫給她的三封信）。這段短促的「羅曼史」被他寫進《尤》（見第五、十一、十五各章）。

1919　1 月愛爾蘭獨立戰爭開始。一邊教書一邊積極創作《尤》。美國郵局沒收 *Little Review* 一月號（載第八章開頭）和五月號（第九章上半）。 Weaver 主編的 *Egoist*（倫敦）開始連載《尤》， 12 月雜誌停刊，共載不到四章。 McCormick 夫人停止資助，喬伊斯猜疑原因是他拒絕讓她的心理分析醫生榮格（Carl Jung）對他進行分析。他把《尤》部分手稿相贈，但未能使這富婆回心轉意。（喬伊斯始終貶抑佛洛依德和榮格。 1921 年 6 月致 Weaver 信中說蘇黎世有些人硬稱他有瘋病，想送他去一療養院供榮格「消遣」。榮格後來曾寫長文談《尤》；但喬伊斯說看來他閱讀時從頭到尾未笑過一次，遑論欣賞。）10 月遷返 Trieste（已改屬義大利）。在該城前後住了近十一年，稱之爲「我的第二故鄉」；終其一生全家四口日常談話時主要使用帶當地口音的義大利語。（由於愛好，他十二歲便課外積極學習義大利文。愛好音樂的喬伊斯認爲義大利文是音樂語言。）

1920 龐德至義大利，6 月與喬伊斯初次見面，勸他遷居巴黎以便完成《尤利西斯》。7 月搬去，一住近二十年。龐德是喬另一積極支持者，對《尤》很欣賞，稱作 "super-novel"，但對 *Finnegans Wake* 失望，喬也發覺；由此交誼漸趨冷淡。二次大戰期間龐德定居義大利，淪爲法西斯喉舌，喬則仍感念當年的贊助，每每譽爲「奇蹟創造者」（wonder worker）。同月結識在巴黎開 Shakespeare and Company 書店的美國人 Sylvia Beach 女士。美國郵局沒收並燒燬 *Little Review* 1 月號（載《尤》第十二章下半）和 7-8 月號（第十三章下半）。9 月紐約衛道之士的組織 Society for the Suppression of Vice 向當局控告 *Little Review*，特別指第十三章猥褻；結果勝訴。該刊 9-12 月號刊出最後一次（第十四章開頭）。

1921 2 月 *Little Review* 二主編被法院判誨淫罪，雜誌停刊。10 月 29 日夜裏《尤利西斯》殺青（最後下筆的是第十七章），作者在書末鄭重記錄寫作地點和時間："Trieste — Zürich — Paris, 1914-1921"。（後來自己估計全書寫作花了兩萬小時；有一次一整天只寫成兩個句子；有一長僅六字的句子費數小時才定稿。第十四章長四十多頁，卻花了一千小時。書已排印，1923年2月整理爲小說所作的筆記，發現未利用者重量已達十二公斤。）託人出書，到處碰壁；正瀕於絕望之際，Beach女士試探性地問他可否讓她以Shakespeare書店名義印行，喬伊斯欣然同意。爲了籌措費用，Beach不遺餘力向各方發信徵求預訂；一時共襄盛舉者有法國的紀德，英國的邱吉爾，愛爾蘭的葉茲，美國的海明威；龐德也積極支援。定價不貲：初版共印一千冊，一百冊用最好的紙，全部編號，並由作者簽名（第一冊送Weaver，第一千冊送Nora），每冊三百五十法郎；一百五十冊用次好的紙，每冊二百五十法郎；其餘七百五十冊用普通紙，每冊也要一百五十法郎。其時已成大名的蕭伯納回信除批評小說本身之外，便亦莊亦諧作爲藉口拒絕贊助：「要是你認爲任何愛爾蘭人——尤其是〔像我這樣〕上了年紀的——會出一百五十法郎買這樣一本書，那麼你對我的同胞根本不了解。」（至終不但他，連葉茲也未能通讀全書。）英國大學者艾利斯（Havelock Ellis）也嫌150法郎太貴，經Beach答應她辦的收費圖書館買他的巨著（當時也被衛道之士視爲淫書）《性心理研究》（*Studies in the Psychology of Sex*）才勉強參加。（1977年在一次拍賣中《尤利西斯》初版頭一百冊的第九十六冊以美金一萬元售出。）印刷廠送來《尤利西斯》校樣，喬伊斯繼續在上面作大幅度修改增補（出書後全長260,430字）。第十五章打清稿過程中打字員的丈夫認爲大褻不道，氣沖牛斗，丟進火裏。7月愛爾蘭獨立戰爭結束，12月南部（包括都柏林）開始自治。

1922　應他的特別要求，2月2日四十歲生日那天收到趕印專送的兩冊《尤利西斯》。封面用他指定的希臘國旗那樣的深藍色，字是白色。過些年後有人在他巴黎的公寓看到鋼琴上一個花瓶裏插著幾面希臘國旗。喬伊斯解釋說：「《尤利西斯》寫希臘題材，因此這些是希臘國旗。《尤利西斯》每出一次新版，瓶裏便多一面新旗。現在有九面。同樣，我的房間是藍色。我也要求不管什麼地方出版《尤利西斯》時要用藍色封面。」8 月全家去英國；首次同 Weaver 見面。9 月返巴黎。10 月 Weaver 主持的 The Egoist Press 在巴黎根據 Shakespeare and Company 版重印《尤》，加了八頁勘誤表。該社社址在倫敦，故被稱爲第一英國版。1920 年代 Beach 繼續再版，訂購者有南美和南非以及日本和印度等國；北京的 La Librarie Française（法國書店；背景不詳）訂過十冊。銷路不暢，她漸漸不大踴躍；喬伊斯不快，二人間產生嫌隙，直到他去世未能盡釋。但除 Weaver 外她是他最重要的異性支持者。有一次有人在他前面說她壞話，喬極公道地代辯：「她所做的不外是把一生最寶貴的十年獻給了我。」1922 是文學豐收年，包括艾略特的 *The Waste Land*，吳爾芙夫人的 *Jacob's Room* 和高爾斯華綏的 *The Forsyte Saga*。1 月愛爾蘭自由邦（Irish Free State）宣告成立（即當前的愛爾蘭共和國），首任總督就是 Timothy Healy。4 月內戰爆發。

1923　開始撰 "Work in Progress"（出版時書名 *Finnegans Wake*）。3 月 11 日給 Weaver 女士寫信說「昨天我寫了兩頁——是《尤利西斯》最後那個 Yes 至今第一次提筆」。5 月內戰結束。11 月艾略特在 *Dial* 雜誌爲《尤利西斯》發表書評，十分推崇，後來成爲重要論文，題目叫 "*Ulysses*, Order, and

Myth"；其中第一次指出《尤》使用《奧德賽》作爲基礎的出發點。關於喬伊斯對艾略特的看法可參看 Potts, 87n21。

1924　在喬伊斯鼓勵和協助下，Herbert Gorman 寫成 *James Joyce: His First Forty Years* 出版，是第一本喬伊斯傳；1939 和 1948 出增訂版。鑑於這一撰述背景，該書瑕瑜互見，細節多而客觀不足。眼病發作，醫生嚴禁提筆；但喬伊斯有寫作癖，嘗說 "I am always writing." 爲了避免「誘惑」，把身邊的手稿和打字稿綑包起來送交 Beach 放在書店暫時保管。

1925　喬伊斯從小眼睛有毛病，後患白內障，1923-24 年開刀數次，本年再開刀三次，至終多達十一次，都無甚效果，近乎全盲。"Work in Progress" 開始在雜誌連載，惡評如潮。

1926　紐約的 Samuel Roth 未經許可在其所辦雜誌 *Two Worlds Monthly* 連載《尤利西斯》；喬伊斯發動友人寫公開信呼籲各方反對盜印行爲，有一百六十七人簽名，大都爲著名作家（惹人注意的是龐德拒絕參加），另外還有物理學家愛因斯坦，哲學家羅素和畫家米羅等。

1927　Georg Goyert 所譯《尤利西斯》德文本出版，喬伊斯曾提供協助，但不很熱烈（因比較注重法譯本的進行），出書後他頗不滿，立即開始策畫重譯。7 月詩集 *Pomes Penyeach* 由 Shakespeare and Company 出版。秋天 Roth 在各方壓力——包括喬伊斯向紐約法院提出的控告——下停止盜印。因陷入憂鬱而一度考慮放棄 "Work in Progress"。（喬伊斯有悲觀厭世傾向。有一次友人問他對來生的看法，他答說

「我看今生就不怎麼樣」。 1934 年 12 月 18 日給 Budgen 寫信道：「如果我們將來除了毀滅以外還有任何別的下場，我希望有誰能指出來。」

1928　12 月喬伊斯控 Roth 盜印勝訴，但宣判時離停止盜印已一年多。爲了保護版權， *Anna Livia Plurabelle* 在紐約出單行本。後來成爲 *Finnegans Wake* 最有名的一章；嘗說短短二十頁卻花了一千二百小時。

1929　2 月《尤利西斯》法譯本由 Adrienne Monnier 所開 La Maison des Amis des Livres 書店（在 Shakespeare and Company 對面）出版。書前列譯者 Auguste Morel，「助譯」者 Stuart Gilbert，及「全部審訂」者 Valery Larband 和作者本人。其中頗多失誤，但到目前爲止仍屬各語文中最佳譯本。《尤》出書後不斷有人爲作者舉辦各種祝賀活動。 6 月 27 日中午由 Monnier 主持在凡爾賽近郊一旅館設宴歡慶法文本問世（稱爲 "Déjeuner *Ulysse*"），到者當中有梵樂希和尚未成名的貝克特。

1930　Gilbert 所著 *James Joyce's "Ulysses"* 出版，爲第一本專論。 Gilbert 當時已成喬伊斯摯友，直接得到許多提示，至今不失爲有用的參考書。

1931　7 月 4 日（喬伊斯父親的誕辰）同 Nora 在倫敦正式結婚，以便兒女將來有合法繼承權。年底父親病歿於都柏林。他對喬伊斯的創作影響很大，是 *Stephen Hero*， *A Portrait* 和 *Ulysses* 三書男主角 Stephen 的父親的原型。喬伊斯嘗說自己的著作中有數百頁和數十個人物是從他那裏來的；《尤》中的幽默是他的，人物是他的朋友：「這本書和他是一個稿子（spittin' image）。」他可能是兒子平生最欽慕的人

（儘管在各部小說中的形象很不使人欽慕）。喬伊斯長居海外，對他卻始終眷念，曾特別請畫家爲他繪一半身像，並安排自己和兒孫三人在畫前拍照，算作「四代同堂」。*Dubliners* 日譯本出版，爲喬伊斯著作首次譯成日文。

1932　孫子 Stephen James Joyce 生（"Stephen" 來自喬伊斯三部長篇共有的自傳性主角的名字）。喬伊斯賦詩 "Ecce Puer"（看這孩子），既慶抱孫之喜，兼亦哀悼喪父之痛（最後二行說："O, father forsaken, /Forgive your son!"），可能是他最感人的詩作。女兒 Lucia 神經錯亂，此後日益惡化，形同瘋狂，至終進療養院長住。父親亡故和女兒發病的雙重打擊使他的精神陷入新低潮，他把英文星期一到星期六的名稱戲改爲 Moanday, Tearsday, Wailsday, Thumpsday, Frightday，和 Shatterday（見 Potts, 198-9；*Finnegans Wake*, 301.20-21）。東京岩波文庫出《尤利西斯》日譯本。喬伊斯一則以喜，一則以怒，要求英國駐東京領事代找律師控告盜印；但其時歐洲著作版權在日本有效期爲十年，連愛打官司的喬伊斯也徒呼負負。日本人送了一筆錢，他嫌少，憤憤然退回。（給 Weaver 女士信中所附打油詩聲討美國和日本的這種行爲："For the Yanks and Japs made off with his traps"。）12 月 The Odyssey Press 在德國漢堡發行《尤》，由 Gilbert「特別」編訂；此後至 1939 年 4 月連出四次，並改正排印錯誤，成爲比較完善的版本。美國當局始終以猥褻罪名禁止《尤》進口或印行。3 月紐約 Random House 出版社簽約獲得美國版權，商定預付版稅一千五百美元，出書後再付百分之十五。經其主持人之一 Bennett Cerf 策畫，該社採用「苦肉計」：他們安排一冊《尤利西斯》從法國非法寄給 Cerf，以便海關沒收。小說初版後十年當中越禁越「紅」，去歐洲旅遊而好奇心和「自尊心」兼重的美國人返國時大都會偷偷帶回一兩本；海關司空見慣，已經懶得過問；這一本於 5 月初進關，由 Random House 派人堅請官員依法行事才特別予以沒收。出版社立即據以向法院提出控訴。

1933　Cerf 聘請大律師 Morris L. Ernst 主持訴訟。經他設法安排，開庭時由寬容開明的 John M. Woolsey 主審。夏天這位法官花大半時間閱讀這本禁書。10 月底開始審判。Ernst 所提證據包括各方知名之士表示支持的書面意見（有 Arnold Bennett，Rebecca West 和 Edmund Wilson）。12 月 6 日勝訴，Woolsey 判定《尤》並非淫書，准許在美國出版。*The Joyce Book* 出版，是十三位作曲家為 *Pomes Penyeach* 十三首詩所譜的曲。

1934　12 月 25 日 Random House 出版《尤利西斯》，是第一美國版，離初版已十二年。書前印了 Ernst 的前言，Woolsey 的判詞全文，和喬伊斯致 Cerf 的祝賀兼道謝信。Frank Budgen 在喬伊斯直接導引協助下所撰 *James Joyce and the Making of "Ulysses"* 在倫敦出版，是重要研究資料。Lucia 的精神病由 Jung 負責治療，無功而止。

1935　Limited Editions Club 出版《尤利西斯》，內有 Henri Matisse 的六幅蝕刻版畫，但內容取材是依據荷馬史詩《奧德賽》。喬伊斯說這位畫家「很熟悉小說法文譯本，然而從來沒有去過愛爾蘭」；畫家自己則坦承未讀過《尤利西斯》。喬伊斯倒比較喜歡女兒的插圖。

1936　10 月倫敦 Bodley Head 出版《尤利西斯》，為第一次在英國印刷者。詩集 *Collected Poems* 出版。

1937　6 月在巴黎國際筆會代表大會致詞，談作者的版權問題。

1938　經過十四年功夫，*Finnegans Wake* 脫稿。這是喬伊斯最後著作。

1939　仍依喬伊斯要求在他五十七歲生日那天送來 *Finnegans Wake* 預印本一冊，封面經他決定使用茶（綠）色，因為這是小說關鍵題材 Liffey 河的顏色；5 月才在倫敦和紐約同時發行。納粹德國侵略波蘭，兩天後法、英對德宣戰。喬家由巴黎搬到維希附近（女兒住精神病院，未能同行）。巴黎可稱喬伊斯的第三故鄉，而其重要性則僅次於都柏林。法國社會比較開明成熟，重視文學藝術。《尤利西斯》當年能在巴黎初版發行絕非偶然。喬伊斯認為巴黎是歐洲唯一真正自由的地方。

1940　德國侵佔法國。喬家申請遷往瑞士；該國當局有意刁難，因為《尤利西斯》第一男主角是猶太人，便猜想作者也是猶太人，而猶太難民限額已滿。最後澄清，獲准再度移居蘇黎世。（喬伊斯對希特勒的態度非常惹眼。他拒絕公開批評這個納粹頭子，因而受到攻擊。有一次在飯館裏侃侃而談，竟替希特勒辯護；太太忍無可忍，拿起切肉刀威脅要「殺」他。儘管《尤》中的立場很分明，他對猶太人的態度也曾引起猜疑。連知交 Gilbert 在其巴黎日記中都提到過。喬伊斯與猶太人之間的關係相當複雜；總的說來，他對猶太人非常了解、同情乃至認同（欽慕喬伊斯的另一愛爾蘭小說家 Frank O'Connor 甚至稱他為"the greatest Jew of all"）。詳見 Nadel, *Joyce and the Jews*。

1941　1 月 11 日因胃穿孔開刀，兩天後不治。當時有天主教神甫

要求行一宗教儀式， Nora 拒絕，說她不能對不起亡夫。喪
葬費由 Weaver 償付，埋在 Fluntern 公墓。這位一生獻身爲
他的民族「煉製尚未創造的良心」的劃時代巨匠至終沒有
返國，而埋骨異域。

　　十年後 Nora 去世，丈夫墓旁已無空位， 1966 年二人
才改葬一處。喬伊斯的弟弟於 1955 年去世（恰巧是
"Bloomsday" —— 6 月 16 日那天），兒子 1976 年，女兒
1982 年。目前孫子還健在，與妻子住在巴黎，沒有子女。

　　喬伊斯的傳記不勝枚舉，其中以 Richard Ellmann 所撰者
（1982 年增訂新版）最爲詳盡生動。這些年來連續有喬伊斯家人
的傳記問世，例如 *Nora: The Real Life of Molly Bloom*（1988）；
John Stanislaus Joyce（1997）；*Lucia Joyce: To Dance in the Wake*
（2003）。見本書「參考書目」。

喬伊斯著作概說

　　一生孜孜矻矻於藝術創造，殫精竭慮完成了幾部傳世之作，喬伊斯（James Augustine Aloysius Joyce, 1882-1941）這位「作家的作家」在文學史上的劃時代重要地位已經確定無疑了。他是個早熟的天才，多情善感，自小鑽進書裏躲避現實，從荷馬、亞里斯多德、但丁、布魯諾、莎士比亞、維柯、福樓拜到易卜生，無所不讀，直接影響他日後的構思和想像，導致著作中濃重的書卷氣。喬伊斯彷彿離開書就不能寫書：《布蘭德》（*Brand*）在很大程度上決定了《藝術家青年時代寫照》（*A Portrait of the Artist as a Young Man*）的架構；沒有《奧德賽》和《新科學》（*Scienza Nuova*）不會有《尤利西斯》（*Ulysses*）和 *Finnegans Wake*《芬尼根還魂》。

　　另一方面，喬伊斯的作品全部取材於真人真事──他熟悉的親友和瞭若指掌的都柏林市（其時居民還不到三十萬人）。他在故鄉住了二十年，大學畢業前往巴黎；因母親病危返家，不到兩年又同初識的鄉下姑娘私奔，再度去國，從此定居域外。在《寫照》中喬伊斯藉斯蒂芬作了激昂慷慨的表白，像福樓拜的「三重思想家」（triple penseur）那樣擺脫家庭、宗教和祖國的羈絆。終其一生，喬伊斯處理的主要題材包括藝術家與社會間的衝突矛盾，貫穿著一條反叛→流亡→創造的線索。

　　每一成名作家都先有習作和少作，而大都失傳，喬伊斯也不例外。他九歲時寫過短詩 "Et tu, Healy?"（他父親立即安排出版遍送親友），1890年代求學期間寫過第一部短篇小說集 *Silhouettes*（已可看出《都柏林人》的筆法）和第一本詩集 *Moods*（內有譯作六、七首和抒情詩五、六十首），1900年前後寫過詩劇 *Dream Stuff* 和詩集 *Shine and Dark*，幾乎全都沒有保存下來。

　　喬伊斯十七歲時曾表示希望成爲愛爾蘭的民族詩人。他出版的第一本書《室內樂》（*Chamber Music*, 1907）收了三十六首短詩，自稱是「自我表達」（expression of myself，喬伊斯的所有作品都或多或少具自傳性）。其中像但丁的少作《新生》一樣埋著未來成熟作品的胚芽。《尤利西斯》第十一章下半節布魯姆想到 "Chamber music. Could make a kind of pun on that ……."《一便士一篇詩》（*Pomes Penyeach*）1927年問世時他已經名滿天下，所收十三首仍爲抒情之作，只是題材比較廣泛。他的詩平易近人，同後期兩大小說適成對照。顯然他的文采不在詩而在散文。他有自知之明，曾直承「不喜歡」《室內樂》，並說《都柏林人》（*Dubliners*）的一頁比他全部詩作都讓他滿意。

　　他稱《都柏林人》爲一系列 epicleti（單數 epiclesis），這個希臘詞的意思是寫作前向繆斯等神祇祈求靈感。喬伊斯年輕時養成習慣，身上帶一小本子，隨時隨地把偶然的見聞、感觸或思想之有獨特含義者記下來；他通常以另一個詞 epiphany 稱之，姑且譯爲「頓悟」。後來他寫作時常拿這些片段（現存四十個）作素材，或乾脆照錄，例如《斯蒂芬英雄》（*Stephen Hero*）。此書半途而廢後從頭重撰的《藝術家青年時代寫照》（*A Portrait of the Artist as a Young Man*，直譯是《藝術家作爲一個年輕人的寫照》）仍然保留了若干。

　　《尤利西斯》第三章開頭不久斯蒂芬記起自己在綠色橢圓形紙頁上錄寫的 epiphanies。第十五章幻境中斯蒂芬的母親對他說的

"Years and years I loved you......when you lay in my womb" 是逐字照錄 1903 年喬伊斯在巴黎某天夢後所記的一條 epiphany。

　　按喬伊斯的構想，《都柏林人》是一部愛爾蘭風俗史；選首府爲背景是因爲它處於整個民族「癱瘓」（paralysis）的中心（這個詞在第一篇開頭就出現了）。全書十五個短篇（另有五篇定了題目卻未寫出）的主題不外乎困阨、挫敗、崩潰、幻滅和死亡。各篇依次分爲四個時期。頭三篇寫童年，其後青年、成年和公務三個時期各佔四篇。逐期使用不同文體描繪都柏林天主教中產階級形形色色的人物——實際上往往像行屍走肉。第一篇〈姊妹〉（The Sisters；編按：即本書的〈姊妹倆〉）的敘述者是小男孩，首句相應地學小孩口吻全用單音節詞。集中〈阿拉伯集〉（Araby）、〈同類〉（Counterparts）和〈黏土〉（Clay）都是傑作；喬伊斯本人最喜歡〈常春藤日在會議室〉（Ivy Day in the Committee Room）和〈雙俠〉（Two Gallants），最不喜歡〈不幸事件〉（A Painful Case）和〈賽車之後〉（After the Race）。最後一篇〈死者〉（The Dead）最長，也最著名。其中兩個主要人物同劇本《流亡者》（Exiles）一樣以喬伊斯夫婦爲模特兒。丈夫三十五歲左右，是小有名氣的文人，妻子則來自鄉下，文化程度不高。二人去參加他姨媽的聖誕晚會；有人唱了一曲哀傷的情歌，她因而記起少女時代一個因愛慕她而染病早逝的少年。返旅店後她把這段往事說出。他受了很大的刺激，頓然悟到夫婦間貌合神離，由此又驚覺到自己的優越感和局限性，興起莫可名狀的孤獨、空虛和寂寞。妻子入睡，他卻思潮起伏（其中有幾篇已經使用內心獨白筆法）。窗外正下大雪，在愛爾蘭全境到處落著，落到山上那冷寂的教堂公墓（她戀人的埋骨之地），「落在所有生者和死者上面」。

　　喬伊斯二十多歲執筆的這些「少作」一出手就不同凡響，充分表現了卓犖的寫作天才。所創造的人物當中大多數後來又在《尤利西斯》（*Ulysses*）出現，扮演了錦上添花的陪襯角色，因此《都柏林人》頗有助於了解《尤利西斯》。且舉一例為證：該集第七篇〈寄宿公寓〉（The Boarding House）男主角道蘭（Doran）與女房東的女兒發生性關係後非常擔心自己的名譽；他知道「都柏林市這樣小，人人都清楚別人的事」。這句話很可用為喬伊斯全部創作的一個重要提示。〈寄宿公寓〉結尾道蘭被迫結了婚。到《尤利西斯》他又多次出現；尤其第十二章，那刻薄陰損的敘述者兩次以極侮蔑的語氣提到他這位妻子。直到寫 *Finnegans Wake* 時喬伊斯仍念念不忘這個集子，在一頁的篇幅內把全部十五篇的題目都改頭換面，扭曲成遊戲文字。

　　《藝術家青年時代寫照》是喬伊斯文學事業上的一個重要轉捩點，他揚棄了傳統的小說技巧，戛戛獨創出一部現代主義長篇。除《斯蒂芬英雄》（*Stephen Hero*）以外，它的前身是短文〈藝術家寫照〉（"A Portrait of the Artist"），其中夾敘夾議勾勒了一個文學青年的輪廓，演義成長篇說部。

　　這青年就形象化為斯蒂芬・迪達勒斯（這個名字的兩部分分別取自基督教第一個殉教士和希臘神話中的建築師和藝術家；喬伊斯最初發表作品時曾用作筆名）。

　　這個自傳性人物——喬伊斯摯友吉伯特說這部小說「幾乎純為自傳性」❶ 由童年、少年而青年，看清都柏林社會的「癱瘓」（paralysis）情狀，寧願叛經離道，不顧一切遠走高飛。小說共有五章。

　　第一章被一位論者視為全書行動的縮影。開頭是主人公童稚時候的片段記憶，隨即筆錄跳躍，他已進了小學。其後有個戲劇化的場景：聖誕晚宴上斯蒂芬的父親和兩個客人爲了愛爾蘭自治運動領袖帕內爾而爭吵得面紅耳赤，不歡而散。另一著名的情節是小學教務主任蠻橫不講理，誣指斯蒂芬撒謊而加以毒打，這孩子賈勇去找校長申訴，得到平反。第二章斯蒂芬爲拜倫辯護，遭惱怒的同學群毆。結尾這十六歲少年第一次去嫖妓（喬伊斯是十四歲或十七歲）。第三章寫他的懺悔。第四章斯蒂芬決定獻身文學（而非宗教）。他在海邊看到一個少女，「像詭異幻美的海鳥」，引發他的頓悟，並使他肯定自己的抉擇是正確的。最後一章篇幅最長：斯蒂芬進一步領悟到必須掙脫家庭、祖國和宗教的羈勒（喬伊斯深受福樓拜的影響，這裏就會令人想起後者所謂的「三重思想家」），通過「沉默、流亡和狡獪」恣肆地表達自己，最後決定離開愛爾蘭前往巴黎。他在日記裏激動地寫道：「歡迎啊，生命！我將第一百萬次去面對實際經驗，在我靈魂的鍛爐中爲我的民族煉製尚未創造的良心。」

　　繼《都柏林人》（*Dubliners*）之後，在《尤利西斯》（*Ulysses*）之前，《寫照》各章節也有其不同的風格。起頭模擬斯蒂芬小時候父親爲他講童話的聲口，用第三人稱以寥寥幾行簡短的文字貼切地呈現了幼童憑聽覺、視覺、觸覺和味覺所體驗的一些細節。末尾擇抄了斯蒂芬的日記，用第一人稱（和〈死者〉結尾一樣可以說爲《尤利西斯》末章的內心獨白手法開了先河），語氣堅定熱烈——他已由懵懂的稚子苗長成有見解有原則的青年知識分子。

　　喬伊斯作品的題名常很幽婉，含多重意思，遂爲翻譯者帶來困難；喬伊斯出版的第一部作品是詩集，標題叫 *Chamber Music*，儘管只能譯爲《室內樂》，但顯然涉及不止一層含義。《尤利西斯》第十一章第一男主角布魯姆聽到鋼琴和歌唱而聯想到 "Chamber music. Could make a kind of pun on that. It is a kind of music

I often thought when she." 這裏雙關語（pun）是指 chamber music 和夜裏使用 chamber pot（尿壺）時發出的聲音。喬伊斯的第二本詩集 *Pomes Penyeach* 前一詞指蘋果（與 poem 諧音），後一詞指便士，仿小販沿街叫賣的語氣：「一便士一首詩」（《尤利西斯》第八章有個攤販在叫著 "Two apples a penny"）；*Stephen Hero* 中後一詞帶諷刺意味，其實乃是個 anti-hero。就 *A Portrait of the Artist as a Young Man* 而言，喬伊斯曾特別指出最重要的是最後四個詞：as a Young Man。這樣，書名直譯該是「藝術家作爲一個年輕人的寫照」——主人公至終不過是具創作潛力的大學生而已；1925 年 10 月 31 日喬伊斯致西班牙作家 Dámass Alonso 的信中甚至說 "young man" 可以詼諧地連小說開頭的嬰兒也包括在內。（據他弟弟 1904 年 2 月 29 日的都柏林日記，時年二十二歲的喬伊斯「說他不是藝術家」。❷ 據他青年時期一位都柏林知交回憶，當年沒有人預料喬伊斯日後能寫出《尤利西斯》，《寫照》，乃至《都柏林人》。❸）

　　事實上，直到在《尤利西斯》再度出現（那時他已去過巴黎，返回都柏林）斯蒂芬仍然沒有像他的創造者那樣成長爲真正的藝術家。小說第三章他問自己是否記得有過創作計畫。從 *A Portrait of the Artist as a Young Man* 結尾到 1904 年 6 月 16 日中間只差兩年不到，他仍然只是個 Young Man，而還不是 Artist。《尤》第十章第十六節莫里根帶嘲笑意味說斯蒂芬十年內該會寫出點什麼；喬伊斯 1914 年 3 月《寫照》全書脫稿，即開始撰《尤》，相隔恰好十年。

　　現存喬伊斯的唯一劇本《流亡者》（*Exiles*）相當於從《寫照》到《尤利西斯》間的過渡，插曲。劇情也帶自傳性。一個作家和只粗通文墨的妻子去羅馬住了九年，生有一子，卻始終沒有結婚。現在他們返回都柏林；有個朋友想爲他安排在大學教書。他們夫婦、兒子的女鋼琴老師和這朋友四個人中間發展出雙重的三角戀愛關係；雖只有短短三幕，卻很錯綜複雜。（男主角知道妻子將與朋友幽會，可是拒絕干預，成爲《尤利西斯》主人公的前驅。）

1914 年《寫照》還未脫稿前喬伊斯在 Trieste 作了一些筆記，題爲 *Giacomo Joyce*，錄下他對英語課堂上一位義大利女學生的與性有關的幻想。其中許多片段被移植到《寫照》和《尤》。

照喬伊斯原先的計畫，《都柏林人》（*Dubliners*）終結有一篇題名〈尤利西斯〉（Ulysses），主角影射該市一個猶太人 Mr. Hunter，但沒有寫。他也沒有忘懷，過了些年便有了同名的七百多頁巨構。喬伊斯認爲自己的著作有連貫性，這部長篇是《都柏林人》和《寫照》的續篇。

才十二歲時喬伊斯最欣賞的英雄人物已是荷馬史詩中的奧德修斯。（參看本書〈年譜・1894〉。）後來稱他爲「全人」（a complete man）；強調最美麗而包羅萬象的題材屬於《奧德賽》，最美麗而富人情味的品格見於《奧德賽》，《哈姆雷特》、《唐吉訶德》、但丁和《浮士德》都瞠乎其後；這個題材太博大，太強烈，使他簡直不敢處理。《尤利西斯》三個主角的原型分別是奧德修斯（羅馬名尤利西斯）、他的妻子潘妮夢珮（Penelope）和他們的兒子忒勒瑪科斯（Telemachus）。小說三部十八章起初都以《奧德賽》中的情節或字眼命名，付印前被喬伊斯刪除。研究者爲了方便卻始終在用著。

小說的第一男主角利奧波德・布魯姆是現代的尤利西斯，一個「全人」，最有代表性的普通人（Everyman）。都柏林則近似微型的人類社會。喬伊斯通過繁複的文體、內心獨白和多角度敘述

觀點等技巧，不厭其詳地描摹了這個首府中芸芸眾生 1904 年 6
月 16 日星期四早上八點到夜裏兩點的所言所行所思。嘗說將來如
果都柏林淪爲廢墟，可以根據書裏的具體細節重建起來。❹

　　第一部（第一至三章）先集中介紹第二主人公斯蒂芬・迪達
勒斯。他去巴黎（見《寫照》）住了兩年，因母親病危返國，母親
死後留了下來，與一友人同住在一座碉樓上。這天早上他起床，
早餐，去教書的學校講課，領到微不足道的薪金；繼而去都柏林
灣，一邊散步一邊發生許多玄想。第二部（第四至十五章）布魯
姆和妻子莫莉出場。他以推銷廣告勉強養家，她是半職業女高
音。他們生過一子，只活了十一天，現有一女在外地工作。清晨
他發現當天下午她將與她巡迴演唱的年輕經理博伊蘭私通，而他
像喬伊斯唯一劇本《流亡者》（*Exiles*）中的那丈夫一樣聽其自
然，不想防止；但全天對此事耿耿於懷。吃過早飯他上街，去郵
局拿到女筆友寄來的調情信，其後參加了一個亡友的葬禮，中午
到報館去談生意，在這裏看得出他身爲猶太人在當地受到或明或
暗的歧視。斯蒂芬也到報館，二人沒有碰頭。下午斯蒂芬在國立
圖書館就《哈姆雷特》大發妙論，語驚四座，同時顯示他在當地
文化圈受到排斥。布魯姆也去了圖書館，二人仍未照面。第十、
十一兩章不專寫他們，而是像電影蒙太奇般穿插交錯，點點滴滴
細描了數十個人物這天的身心活動情況。布魯姆去一旅館吃晚
飯，順便給筆友回信。湊巧博伊蘭在隔壁酒吧間，他正要去布魯
姆家。四時多莫莉果眞與他成奸。在一家酒館布魯姆遭種族主義
者「公民」（蕭乾、文潔若譯「市民」，不妥）公開凌辱。他去斯
蒂芬上午去過的海灣，跟一個懷春少女眉目傳情，不能自持，當
場手淫。第十四章用俳謔體（parody）戲擬盎格魯撒克遜以降的
英國散文風格，艱澀隱晦，頭幾頁尤其詰屈聱牙。布魯姆、斯蒂

芬終於正式會見。全書最長的第十五章也很難懂，以戲劇形式亦幻亦眞地讓同布魯姆有關的所有人——包括他的亡母——現身說法。最後一部（第十六至十八章）兩個主人公深夜一時左右回到布魯姆家，斯蒂芬沒有留宿；上午他已決定不再回碉樓，當晚他去哪裏過夜是小說的許多謎之一。（英國大批評家燕卜蓀與眾不同，堅稱斯蒂芬至終會重返布魯姆家，❺ 但所舉證據缺少說服力，反而不如存而不論可能更接近喬伊斯的旨意。）

　　《尤利西斯》十八章各有其不同的文字風格和敘述觀點。繼《都柏林人》以後，《寫照》加強利用了內心獨白，在《尤利西斯》中變成主要的筆法之一。莫莉早上出場以後在書裏被丈夫和別人想到或提到一、二百次，但除第十章她的手臂曇花一現之外，本人未再亮相，最後一章不加標點的四十多頁卻全是她在想自己的生平、婚姻、下午的奸情等等。該章開頭和結尾都用"Yes"，喬伊斯所謂的「女性詞」、「最不強硬的詞」、「人類語言中最確定的詞」。

　　"I always write about Dublin,"這是喬伊斯的夫子自道。❻ 愛爾蘭首府是他所有長短篇小說的泉源。他對它的感情則帶愛恨交織意味。定居海外後有人問他會不會回去，他回答：「我什麼時候離開過？」有人問他爲什麼不再回去，他答說回去就不能再寫它了。葉茲指出他對都柏林「厭恨而又不能忘懷」；儘管他少小離家，下筆時卻離不開故鄉。❼《尤利西斯》尤其可以加副標題"A Portrait of Dublin"；整部小說如百科全書般細針密縷刻畫該市及其市民。喬伊斯說過一句話已成名言；「我要把都柏林寫得無微不至，將來有一天如果這城市忽然從地球消失，可以根據我的書重新建造。」他曾向友人形容過自己對都柏林的看法，有助於了解《尤利西斯》。❽ 書初出時都柏林很多喬伊斯舊識忐忑不安，怕自己被寫了進去。

「欲窮千里目，更上一層樓」，喬伊斯創作時始終勇於攀登，後來往往使人覺得高處不勝寒。《尤利西斯》是石破天驚之作，它的艱澀隱晦也是有名的，喬伊斯自己甚至說他的目的正是要讓教授們鑽研幾百年。另一方面，他再三強調這是本幽默的書，讀者不必望而卻步。事實確是如此，我們只要耐煩一點，多花些時間，該會發現其中的樂趣。

●

Finnegans Wake 有一句強調："Now, Patience; and remember patience is the great thing, and above all things else we must avoid anything like being or becoming out of patience."（*FW*108.8-10）同《尤利西斯》相比，喬伊斯最後這部長篇眞可稱得上天書了，閱讀時耐煩（patience）遂更是絕對必要。當初問世時群起而攻，連他最忠實的贊助者如龐德（Pound）和魏佛（Weaver）女士都極其反對；名小說家威爾斯責他這兩本書「作者樂於下筆而讀者難以終卷」。❾ 喬伊斯卻力排眾議，堅持並不那麼艱澀，只要讀者一而再、再而三地仔細參詳。——還是他一貫的要求：放下一切，全心全意把時間獻給他。

義大利哲學家維柯把歷史分成神權、英雄、民主和更新四個階段，周而復始，永不休止。《芬尼根還魂》就以這種周期作爲架構，成爲一部人類發展過程演義。喬伊斯用這個書名等於先爲讀者提供線索。Finn 指 Finn MacCool，是公元第三世紀愛爾蘭傳奇性英雄，後來民間視之如神。愛爾蘭民謠 "Finnegan's Wake" 說有個搬運磚瓦的工人 Finnegan 從梯子上跌落，大家都以爲他死了，守靈時威士忌的酒香卻刺激他甦醒過來；人們把他按倒，叫他安息，因為已經有人來接替他。喬伊斯把歌名中的撇號略去，遂語帶雙關：一個芬尼根死掉，同時又有無數芬尼根甦醒，成為一個周期。❿喬伊斯強調這本書需要朗誦才容易懂（他錄過第一卷第八章 "Anna Livia Plurabelle" 結尾部分，效果很好）。書名即可為例，如果光看字面，只能解第二詞為甦醒；不看字面而念出口時則確可兼有兩層含義。（另一方面，書中許多詞語又必須依賴視覺才能充分領悟其雙重或隱曲意思。）（我的書名也只是權宜譯法。）書的開頭（riverrun）和終結（the）兩個詞屬於同一個句子的中間，首尾相接，首尾不分——"a long the …… riverrun" 旨在表示生生不息的輪迴概念。（喬伊斯 1921 年 7 月 10 日致友人 Harriet Weaver 信裏說《尤利西斯》末章「沒有開頭、中間或結尾」，形同《芬尼根》的先河。 1926 年 11 月 8 日給她的信中預先透露後者「真正說來沒有開頭或結尾。……它的結尾是一句的中間，開頭是同一句子的中間。」）

　　喬伊斯指出《尤利西斯》是「白天的書」，《芬尼根》是「夜晚的書」，夜晚不消說事物較不明晰。他用夢語（dream language）來模擬夢境。⓫除此以外他從六十多種語文和方言拉來幾千個字眼作雙關或別的文字遊戲，另鑄出一種新的奇特的文字，因為「我已經到了英文的終點了」。 ⓬（《尤利西斯》已屢用外國語文，第三章斯蒂芬的內心獨白中就出現過法、德、拉丁、西班牙、義大利、希臘、北歐及其他語文的語句。）撰《芬尼根》期間有一友人來訪，看到他和摯友 Stuart Gilbert 正在推敲已寫成的一個片段，喬伊斯嫌它「仍不夠晦澀」，於是再加了幾個薩莫耶德（Samoyed ——屬烏拉爾—阿爾泰語系）字眼進去。 ⓭小說第一個詞（新鑄的）說到河流，隨後提到的全球河流據統計在八百到一千之間（黃河出現多次，長江兩次）。第二段的 shen（神）是因爲發音和拼法近似小說主人公一個兒子的名字 shem，發音並且像 son（兒子）。第三段出現長一百字母的雷的象聲詞，由十來種不同語文（包括日文和印度斯坦文）中的「雷」字組成。書裏提到的中文字不下一百個。他曾興高采烈地向友人解釋 laohun（老虎）的意思；並指出每出現一日文字，隨即必有一中文字。另外一次他表示有自知之明：「讓都柏林鳳凰公園一酒館中兩個人講中國話和日本話，這不是自相矛盾嗎？」「隨即說明他的出發點——因此這樣做是「客觀而合乎邏輯的」。❶ 小說最後一卷（即第十七章）愛爾蘭守護神 St. Patrick 與當地一 Druid（學者、士人）間的辯論中使用了中國字和日本字，見頁 611-12。

　　從《尤利西斯》到《芬尼根》，中間自有其繼往開來的關係，後者甚至可以說是前者的續集。但是喬伊斯指出《尤》「幾乎是無中生有」，而《芬》則「完全是無中生有」。❶ 寫《芬尼根》時他完全放棄了寫實主義，因此從頭到尾撲朔迷離，難度遠遠超過《尤利西斯》。前面所引 1926 年的信中指出第一卷第五章那句 “L'Arcs en His Cieling Flee Chinx on the Flur”（*FW*104）短短九個詞可以作七種解說。❶（句中 Chinx 即 Chinks 中國佬；他的第二種解說聲稱世界各大陸幾乎只有中國未曾發生過大洪水 Deluge。）有人則聲稱在小說首頁中看出七百多各種各樣的典故，笑話，雙關語和伏線。❶ 這樣一來，這裏只能勉爲其難，簡短地試作解說。在小說中，來接替芬尼根的就是主人公 Humphrey Chimpden Earwicker，縮稱 HCE，幾乎每頁都出現以這三個字母開頭的詞語隱射他，例如第一句中 Howth Castle and Environs 即是。他的綽號 Here Comes Everybody 則意味著他是「每一個人」，是個普通人，像布魯姆。全書分四部，相當於維柯的四個分期。第一部（分八章）開頭類似音樂序曲（《芬尼根》正是一本充滿音樂性的小說），預告主要題材。 HCE 在鳳凰公園附近開酒館，和妻子 Anna Livia Plurabelle（ALP）、孿生兒子 Shem 和 Shaum（其原型分別為喬伊斯和他弟弟 Stanislaus）及女兒 Issy 住在店裏。外面謠傳他做過見不得人的事，使他惴惴不安，至於做了什麼乃至是否真正作過則都沒有明白交代；彷彿是在公園裏偷窺兩個少女便溺或向她們暴露下體。第八章極富詩意地渲染黃昏時兩個女子在黎菲河畔一面洗衣一面喋喋不休談論 HCE 夫婦，主要是 ALP 。這是全書最有名的文字，作者自己也極滿意，現存他效果極好的一段錄音。第二部（四章）寫某一晚上 HCE 在店裏作生意，打烊後他喝客人剩下的酒而酩酊大醉，倒在地上；後來總算摸上床去就寢。第三部（四章）HCE 夢裏仍滿懷罪惡感。臨天亮前夫婦聽到孩子的哭聲（時間回到他們結婚初期），起身安撫；二人回床作愛未成，重新入睡。最後一部只有一章，利用蒙太奇手法讓書裏所有重要題材和人物再度出現。終結是 ALP 的內心獨白（像莫莉在《尤利西斯》最後一章）。天將拂曉，她回憶戀愛結婚和生兒育女的快樂往事，現在已經老邁，未來屬於下一代；於是她變作黎菲河流入大海。最後一頁像散文詩，同《尤利西斯》最後一頁那樣引人入勝。（「智者樂水」，喬伊斯對所有水──無論是海，湖，河，乃至小溪──都十分嚮往；每有度假機會，總去有水的地方。）

　　喬伊斯曾說《都柏林人》和《寫照》是他青春之作，《尤利西斯》是成年之作，他比較喜歡自己的成年。《尤》下筆時旨在清楚而全面地觀察人生。 ❶❽ 及至寫 *Finnegans Wake* ，又不止一次表示《尤》同 *FW* 相比如小巫見大巫，充其量是一「小小的前奏曲」。 1924 年撰寫 *FW* 期間致函 Weaver 女士說他難以相信寫過這本書。一個友人看出喬伊斯不願重複，對《尤》已失去興趣。 ❶❾

有一次聊天，有人提到《尤》，他轉身對一老友說「《尤利西斯》？是誰寫的？我已經忘了。」❷ 這話顯得言不由衷，想是因為 FW 不斷被貶，使他鬱憤不平。事實上不但 Ulysses，喬伊斯其他重要舊作也都在 Finnegans Wake 中以文字遊戲形式出現過，包括 Dubliners 全部十五篇的篇名（見 FW186-7）以及 Chamber Music 和 A Portrait of the Artist as a Young Man 的書名（見 FW164・15-16，184・4；182・19）。影射 Ulysses 書名、人物、情節和詞語（尤其 Yes）的地方更多，例如說這本 "usylessly unreadable Blue Book of Eccles, édition de ténèbres"（FW179・26-28）是花了 "severn years"（FW199・10）完成的，描寫作者當年還僅僅是個 "greekenhearted yude"（FW171・1）時期的事，❷ 是他的 "unique hornbook"（FW422・15）。

　　喬伊斯所有作品一路下來都開闢新的道路，向前邁進一步。1930 年 8 月他告訴一位捷克作家，他的著作沒有一部是成品，他總想徹底重寫。從《都柏林人》開始全都屬於「進行中作品」（work in progress）的範圍。《尤利西斯》算是「最完成者」（the most finished）。❷

　　創作 FW 期間弟弟責他在寫沒有人看得懂的「夜書」（night book），他答說會有續集，寫醒轉（復甦），書名就叫 The Reawakening，❷ 並曾叫友人 Paul Leon「等著吧，Finnegans 會醒過來的。」❷ 但 FW 出版一年他就病歿，又逢二次大戰，亂世中顛沛流離，生活都成問題，遑論創作。他死時不滿五十九歲，如果多活些年，必會繼續寫作，是否會寫這續集則難以臆測。他曾對友人 Maria Jolas 抱怨 FW 沒有人看，為什麼還要再寫別的？❷ 他也說過有意寫關於海的詩，或關於希臘革命的書。❷

　　愛爾蘭人喬伊斯對愛爾蘭的感情複雜而矛盾，彷彿愛恨交織；自我放逐以後卻念念不忘，終其一生以祖國爲創作主題。嘗說這殖民地實爲英國的神經中樞（brain）；愛爾蘭人被迫使用外國語文，從而倒成爲英國文學的中堅。 ❷ 至終他同斯威夫特、蕭伯納和葉茲等愛爾蘭人一樣成爲英國文學的大師級作家。事實上，過去數十年中他超過三位前輩，成爲顯學，幾乎可與莎士比亞分庭抗禮。

註釋

❶ Gilbert, *James Joyce's Ulysses*, 3n 。

❷ *The Dublin Diary of Stanislaus Joyce*, 21 。

❸ Colum, 38 。

❹ 見 Budgen, *James Joyce and the Making of Ulysses*, 67; Ellmann,*James Joyce*, 159 。

❺ 見 William Empson, *Argufying*（University of Iowa Press, 1987）,476 。

❻ 見 Ellmann, *James Joyce*, 505 。

❼ *Ibid.*, 693 。

❽ 見 Budgen, 67-8 。

❾ 見 Ellmann, op.cit., 607-8.參看 Empson, ibid., 483 。 Nabokov 極推崇《尤利西斯》，卻痛貶 *FW* 爲「文學史上最大敗筆之一」（頁349），未免過分。

❿ 喬伊斯說書名的意思是 "at once the wake and the awakening of Finn." （*Letters*, III, 473.）小說結尾有一句是 "Finn, again!" —— "Finnegan" 既終結（fin），也恢復（again）。

⓫ 見 Ellmann, *op. cit.*, 544-6; Potts, 149, 151, 207 。

⓬ 見 Ellmann, *op. cit.*, 546; Potts, 213. 據他弟弟的日記，早在 1907 年 4 月 6 日喬伊斯已曾揚言想把英文忘掉，改以法文或義大利文從事

寫作。見 Ellmann,397n。

❸ 見 Potts, 214。

❹ 見 Potts, 223。

❺ 218, 221。

❻ 見 Ellmann, *The Consciousness of James Joyce*, 92-3; James Joyce,594n。

❼ 見 Delaney，182。

❽ 見 Power，36-7。

❾ 見 Potts，36-7。

❿ 見 Ellmann，*ibid.*, 590n。

⓫ 參看 Tindall，*A Reader's Guide to Finnegans Wake*, 136; 128, 136; 132;108, 135-6, 138, 142, 169, 274; Ellmann, ibid., 580n。

⓬ 見 Potts, 129。

⓭ 見 Ellmann, *James Joyce*, 603; Potts, 291n50。

⓮ 見 Potts, 291。

⓯ 見 Ellmann, *op.cit.*, 730。

⓰ 見 Potts, 203; 279。

⓱ 見上書，28。

《尤利西斯》內容梗概

　　小説寫 1904 年 6 月 16 日（後來被稱爲 Bloomsday）星期四從清晨 8 時到下半夜 2 時 20 分之間愛爾蘭首府都柏林二男一女及其他眾多市民的行動，言語和思想。喬伊斯原先分全書爲三部，十八章；每部每章都根據荷馬史詩《奧德賽》人物、地方或情節加了標題，付印前才刪去；論者則仍沿用至今。小説同史詩之間的種種相通之處已有不少專書詳細指出，但對普通讀者未必有多大用處。這裏限於篇幅，存而不論。有志於研究者可參看 Gilbert, *James Joyce's Ulysses*; Tindall, *A Reader's Guide to James Joyce*，頁 127-235 ；Blamires, *The Bloomsday Book*; Gifford, *Ulysses Annotated*。

　　1920 年喬伊斯以義大利文寫了一份綱要（scheme 或 plan）寄給 Carlo Linati ，解釋説這是一種「摘要—鑰匙—骨骼—綱目」（summary — key — skeleton — scheme），旨在表示各章每一小時、器官（organ）和技藝（art）等相互間息息相關。這綱要現存另有一英文本，二者大同小異。對於小説欣賞卻不很重要，此處也不擬細究。有興趣的讀者除上面所列各書以外可參看 Ellmann, *Ulysses on the Liffey*, 186ff; Kenner, *Dublin's Joyce*, 226-7 。

　　每章故事發生的時間也是喬伊斯所提供，但並不精確；下面採用 Hugh Kenner 專著 "*Ulysses*" 所載經過修訂者，比較可靠。(另外參看 Nicholson ，頁 139 。)

　　《尤利西斯》長達 783 頁（1961 年美國 Random House 版），

含二十六萬多詞，是兼具雙重意義的「鉅構」。內容錯綜複雜，千絲萬縷，即使重讀時也目爲之迷；吉福德（Gifford）所作的註釋比原書還要厚。因此，要介紹其梗概就眞的要掛一漏萬了。下面只能算是簡略粗淺地勾勒出一個骨架而已。

第一部（Telemachia）

第一章（Telemachus）

時間：清晨 8:00-8:45（當天 3 ： 33 日出，都柏林比格林威治標準時間晚 25 分）

地點：市郊東南 Sandycove 區 Martello Tower

人物： Stephen Dedalus, Malachi "Buck" Mulligan, Haines

　　A Portrait of the Artist as a Young Man 結束以後 Stephen 果然於 1902 年春天遠走高飛，去了巴黎。《尤利西斯》開始前一年（1903）四月因母親病危返國，母親八月才死，彌留時要他依照宗教慣例跪下為她祈禱；他卻已決定獻身藝術而揚棄天主教，拒絕了母親最終一次懇求。但從此耿耿於懷，當天多次想到。母親死後他留了下來。現年二十二歲，寄住在 Mulligan 所租這座舊碉堡裏，但同這粗俗淺薄的醫科學生及其英國友人 Haines 無法相處。這天起床後 Mulligan 照常嘲弄他，並指他害死母親，使他更加反感。

　　二人話不投機。 Mulligan 下樓做早餐。三人用飯時送牛奶的老嫗堅持這天要付欠款。 Stephen 和 Mulligan 勉為其難而仍無力償清。飯後三人去附近的海水浴場"fortyfoot hole"。 Mulligan 要 Stephen 離開前先把碉樓鑰匙留下，並約好中午十二時半在一酒館再會（有 Stephen 當天所領的薪水可用；但屆時他爽約，讓 Mulligan 和 Haines 空等）。從此 Stephen 未再重返碉樓；他在這裏只住了幾個月。

　　幾乎全用白描手法，不過本書最為人所知的內心獨白（interior monologue）已經以隻字（chrysostomos, Usurper）或短句（Cranly's arm. His arm）雛形出現。

第二章（Nestor）

時間：上午 9:45-10:30
地點：Martello Tower 不遠 Dalky 地一所貴族男子高級中學
人物：Stephen, Garrett Deasy ，學生

　　Stephen 在這裏擔任非正式的 part-time 助理教員已三個月；每月薪金僅三英鎊十二先令（相當於當前四百三十美元），月中發放。

　　早飯後他來教書（講歷史、文學、代數）。一方面他並不是循循善誘的模範導師，一方面學生素質不佳，這堂課師生雙方都上得很累。 Stephen 說了一個謎，隱曲難解，自己覺得有趣，學生卻感到困惑無聊。及至下課鈴響，打曲棍球的時間到了，學生如獲大赦，一哄而散。下了課（星期四只上半天課）去校長室領薪酬。 Deasy 親英，反猶，憤世嫉俗，喋喋不休發表一些偏頗之見。

　　在第一章，英國人 Haines 就愛爾蘭淪爲英國殖民地一事假撇清地解釋說「也許應該怪歷史」。本章中 Deasy 談到英國人時 Stephen 又想到這個大帝國，記起 Haines 的話。他告訴 Deasy ：「歷史是一個噩夢，我想從裏面醒過來」。最後 Deasy 交一封讀者投書託 Stephen 推介報社友人披露。

　　內心獨白開始增多，主要仍爲平鋪直敘。

第三章（Proteus）

時間：上午 11:00-11:45
地點：東郊海濱 Sandymount Strand
人物： Stephen

　　這章幾乎沒有任何情節發生，而以內心獨白為主，記 Stephen 在海邊的冥思玄想，涉及哲學、藝術、創造等抽象概念和母親的死、昨夜的夢等實際經驗。他讀書駁雜，好奇心重，腦子裏忽東忽西如跑野馬，很多念頭初看時難以捉摸。

　　十點半離開學校， Stephen 等著中午同 Mulligan 和 Haines 聚會。他無所事事，大約走一段路再坐火車來到這裏漫步。看到兩個女子走向水邊，他把亞里士多德關於知覺（perception）的理論付諸實驗：他閉上眼睛（"shut your eyes and see"），只憑耳朵聽到聲音（例如鞋子踏地）。（本章開頭的名句 "Ineluctable modality of the visible"——視覺可見物體的無法克制的形態——可能肇始於亞氏《論靈魂》一書。）

　　他想順路去姑父家拜訪，但心不在焉，走過了頭，也就改變初衷，在海邊一石上坐下，繼續遐想。他記起當年有志於寫作，並曾想把自己隨時的「頓悟」（epiphanies）記在綠色橢圓形紙上，死後遍送世界各大圖書館，以便過幾千年還會有人捧讀。

　　有一男一女兩個撿貝殼者走來，身後一條狗使 Stephen 記起昨夜 Haines 在夢中喊叫的豹。當時他也正在作夢——他在風化區遇一東方人，要帶他去會見一個女子：「等等。門開著。花街。……那人領著我，說著話。進。來。紅氈已經鋪好。你會看到是誰。」這夢影射 Bloom 夫婦，是他們出現的預兆。

　　本章出現了法、德、拉丁、西班牙、義大利、希臘、北歐等語文。喬伊斯是學者型小說家，提筆前先作充分研究，廣徵博引，典故很多；本章所用許多字眼和名稱只有百科全書和專門詞典中才能查到。

第二部（The Wanderings of Ulysses，或稱 Odyssey）

第四章（Calypso）

時間：清晨 8:00-8:45（同第一章）

地點：7 Eccles Street

人物：Leopold Bloom, Molly（Marion）Bloom

　　本書男主角初次登場。 Bloom 的祖父是匈牙利猶太人，原姓 Virag。父親移民愛爾蘭，把姓改成英文 Bloom（二者都是「花」的意思）；娶當地女子（或許也有猶太血統）爲妻，在她死後因厭世而服毒自殺（這天從早到晚 Bloom 多次想起父母）。 Bloom 是獨生子，現年三十八歲；其妻 Molly 三十四歲，生於直布羅陀，父親是軍人，母親是當地猶太人；二人是否結婚沒有交代，無法推斷（本書不少細節有此現象）。隨父親返愛爾蘭（父母先已離異或母親棄家出走）以後成長爲半職業性女高音歌唱家。與 Bloom 生有一女 Milly（現年十五歲）；兒子 Rudy 出世十一天便夭折。

　　市東北區這房子是租的（每年二十八鎊）。早起 Bloom 照例準備伺候太座用餐；她尚未睡醒，他遂上街買豬腰子回來作爲自己的早飯。見信已送到，其一來自在鄉下工作的女兒；昨天是她十五歲生日，信中道謝父母寄贈的禮物。其二來自 Molly 的經理 Hugh "Blazes" Boylan。 Bloom 於是肯定他下午四時要來同她幽會通奸，此後全天耿耿於懷，卻從未想到設法防止。 Molly 第一次出現，只短短一會兒，但已可看出她文化程度很低（她不懂 metempsychosis 是什麼意思），基本文法都欠通，愛看黃色小說。

上街展開一天的活動之前 Bloom 先去後院的簡陋廁所大便，隨手帶了當天的報紙。上面有篇徵文入選的小說引起他的注意，尤其稿費使他歆羨，很想也試試。至終廢物利用，他撕下半篇當衛生紙。

本書頭三章和次三章在時間上幾乎完全相同，有些情節也同時發生。例如第一章 Mulligan 下樓做早飯， Stephen 留在上面，有一片雲慢慢遮住了太陽；本章 Bloom 上街買早餐，也是這同一片雲慢慢遮住了太陽。其後屢屢有類似的現象。

清澈的白描，偶爾有 Bloom 的獨白，但與 Stephen 的相反，顯豁易懂。

第五章（Lotus-Eaters）

時間：上午 9:45-10:30（同第二章）

地點：貫穿市區的黎菲（Liffey）河南岸三一學院（Trinity College）
　　　　周圍

人物：Bloom, Charlie M'Coy, Bantam Lyons

　　《尤利西斯》頗多情節——尤其比較強烈者——作者故意沒有直接處理，要讀者從後文的字裏行間覺察領悟。例如上章結尾 Bloom 在廁所大便，本章開頭卻忽然已經走在街上，中間一小時內的事略而未寫，如他返回臥房， Molly 告訴他下午四點 Boylan 來爲她送巡迴演唱節目單； Bloom 知道二人將趁此機會成奸，他無意回家撞破，遂說會在外面吃晚飯，然後去戲院看戲；臨出門前換衣服時他把家門鑰匙忘在舊褲裏；上街後買了早報 *Freeman's Journal* ，等等。

　　十一時要去爲友人 Dignam 送葬。時間還早， Bloom 去 westland Row 郵局取得私底下紙上調情的通信女友來信（他化名 Henry Flower ；對方自稱 Mortha Clifford ，大概也非本名），辦了幾件雜事。路逢 M'Coy ，說有事不克參加葬禮，託 Bloom 屆時代爲簽名致哀。 M'Coy 絮絮叨叨， Bloom 很不耐煩。他因此錯失了偷窺一時髦貴婦的玉腿的好機緣。另外， M'Coy 的妻子也是歌唱家，他竟自我陶醉，把她同 Molly 相提並論； Bloom 心裏憤憤不平。他又碰到另一相識者 Lyons ，借 Bloom 的報查看下午三點在倫敦舉行的盛大年度賽馬的消息（其結果當天下午四點鐘會傳到都柏林）； Bloom 說不用還了，因爲他正要丟掉（throw it away）。恰好參賽的馬當中有一匹叫 Throwaway ， Lyons 誤以爲

Bloom 有意鼓勵他賭這一匹（後來卻賭了別的）。這件事到第十二章爲 Bloom 帶來無妄之災，而他始終不知就裏。

　　Bloom 晃進一教堂，心不在焉地「旁聽」講道。再上街時是十點一刻，記起要爲 Molly 訂購面霜，但早上換穿禮服時把方子遺忘在另一條褲裏，幸而藥劑師可依舊方照配（當天 Bloom 卻又忘記回店去取）。他順便買了一塊香皂，其後書中多次提到，在第十五章並曾出場亮相。

　　還有時間，他進一澡堂洗浴。

　　內心獨白多於敘述，但通順曉暢，讀起來也富有情趣。

第六章（Hades）

時間：上午 11:00-12:00

地點：由 Dignam 家（在 Sandymount）乘馬車送葬沿途；市區北郊 Glasnevin 區 Prospect 公墓

人物： Bloom, Simon Dedalus，其他參加葬禮者

　　從十點半到十一點之間 Bloom 坐電車由澡堂到 Dignam 家。送葬行列開始，按照固有風俗並不直奔公墓，而是繞道經過 Irishtown，轉西北方向，過河往西，抵達目的地。這樣，連同葬禮總共花了一小時。

　　Bloom 和 Stephen 的父親 Simon、 Jack Power 和 Martin Cunningham 同車。他看見 Stephen 在街上，告訴 Simon，後者咒罵 Mulligan 把他兒子帶壞，是個「徹頭徹尾糟透了的王八羔子」。 Cunningham 和 Power 看到 Boylan 也在街上，除不尷不尬的 Bloom 以外都同他打招呼。到了墳場， Simon 看見亡妻的墓，不禁泫然淚下：「不久我也要躺在她旁邊了。」下葬時見一身穿 macintosh（褐色雨衣）的陌生人，在場的新聞記者 Joe Hynes 問 Bloom 此人是誰，他不知道。後來此人在書裏屢屢直接間接出現，但始終無法驗明正身，想必只有作者心裏有數。

　　文字平順，加插 Bloom 簡短的獨白。

第七章（Aeolus）

時間：中午 12:00-1:00

地點：市內 *The Freeman's Journal and National Press* 報社

人物：Bloom, Stephen, Simon Dedalus, Lenehan, Professor MacHugh，報社主編 Myles Crawfrord

　　Bloom 以前換過幾次工作，當前在爲報社拉廣告，而這職位也不牢靠。他來接洽生意，見已有 Simon 等人在同主編高談闊論。

　　Bloom 身爲猶太人，處處受到歧視，報社的同仁也不例外，一再受到主編凌辱。Simon 剛走，Stephen 也來了（但未與 Bloom 正式碰面），大家繼續高談闊論，至終由 Stephen 請客出去喝酒。

　　通篇分成六十三節，每節仿新聞標題冠以名目，是付印前不久才加插的；行文明顯使用俳謔體（parody）；起初比較節制，漸漸地越來越不「莊重」，至終淪爲二十世紀開頭俗濫的新聞報導風格。

　　很多論者不喜歡這章，尤其是各節的標題。Nabokov（320）認爲寫得太不均衡，Stephen 的言論也並不怎麼詼諧；他建議讀者不妨快讀或略讀。但喬伊斯自己卻顯然很偏愛，1924 年他自己錄音的片段中就選了本章近六十行。

第八章（Lestrygonians）

時間：下午 1:00-2:00
地點：報社南邊馬路上和 Davy Byrne 酒館裏
人物： Bloom

　　找餐館吃中飯途中 Bloom 看見 Stephen 一個妹妹 Dilly 衣衫襤褸，面帶饑色，想起他們家口眾多，母親死後生活每況愈下，十分可憐。有人塞給他一張傳教的廣告，看了一下丟進河裏。由這傳單他聯想到 Molly 和 Boylan，忽然心驚肉跳怕後者患性病傳染給 Molly。在河南岸邂逅昔日情人 Josie；她丈夫 Breen 精神失常，不久前收到匿名信，上書 "U.P.: up," 寓意猥褻，顯然旨在侮辱，卻沒有人知道真正的具體含義或發信者的動機。

　　Bloom 進入一家餐館，裏面聲音嘈雜，空氣惡濁，加以食客的吃相實在不雅，他立即退了出來，改去 Davy Byrne 開的酒館叫了一個乾酪三明治和一杯葡萄酒果腹。飯後上街，他導引一青年盲者過馬路（到第十和十一章我們發現這青年是鋼琴調音師，現在正在工作途中）。

　　最後 Bloom 看到一個人，立即認出是誰："It is. It is"（Boylan）。他又心驚肉跳，為了避免正面相遇，急急轉進國立圖書館。（當天 Bloom 看到 Boylan 三次，這次——下午 2：00——之前是上午 11：00，之後是下午 4：00。）

　　大半是 Bloom 隨所見所聞而興起的內心獨白。

第九章（Scylla and Charybdis）

時間：下午 1:45-3:00

地點：國立愛爾蘭圖書館

人物：Stephen, George Russell（AE），圖書館三個職員，Mulligan

在第一章，Mulligan 嘲笑 Stephen「通過代數證明哈姆雷特的孫子是莎士比亞的祖父，而他自己是他父親的幽靈。」本章使用了 *in medias res*（中間切入）的敘述技巧；一開始就是國立圖書館館員沒頭沒腦地說道 "And we have, have we not,…"，表示現場的討論已經進行了一段時間（可能十五分鐘）。討論的主題正是莎士比亞，主要發言人也正是 Stephen 。他提到 Hamlet 父親的陰魂實乃莎翁本人是也，而 Hamlet 就是莎翁夭折的獨子 Hamnet；莎翁死後遺孀 Ann Hathaway 同他一個弟弟私通（"Ann hath a way"：Ann 有她一套）云云。這番話是從當時若干莎學專家的著作中抄來的；結果絲毫未能打動聽者，尤其是文壇已經成名的 Russell（他在編一本青年詩人選集，沒有向 Stephen 約稿）和剛參加過文壇重鎮 George Moore 所開文學派對的 Mulligan（Stephen 沒有被邀）。最後經人質問，連 Stephen 也答說不相信自己的理論，但這很可能代表喬伊斯本人的研究心得。另一方面則顯示 Stephen 只能空談文學，不像他的創造者能實際創作。

Bloom 也來查廣告所需的資料，Stephen 第一次注意到他；Mulligan 稱他為 "wandering Jew"（永遠流浪的猶太人——相傳有這個人因嘲弄十字架上的耶穌而受此懲罰）。

平鋪直敘；由於聽者對 Stephen 的看法始終反感，所以同他針鋒相對，頗有戲劇性。夾插 Stephen 的很多獨白；例如他想起欠 Russell（筆名 AE）的債尚未還清時心頭湧出 "A. E. I. O. U."
五個英文元音字母（即 A. E. I owe you〔錢〕）。

第十章（Wandering Rocks）

時間：下午 2:55-4:00

地點：市區街上

人物： Bloom, Stephen，街上市民

　　喬伊斯稱本章為一 entr'acte（演劇時的幕間休息），即小說情節在此暫停進展；儘管正在中間，卻與前後文「毫不相干」。（*Letters*, 149）他可能故弄玄虛，事實上本章與前後文顯然息息相關。

　　據說喬伊斯創作本章期間面前放著都柏林街市圖。寫的是形形色色的都柏林人這一小時內所行所言所思。開頭 Conmee 神甫（*A Portrait* 中 Stephen 所念教會學校校長）出門為 Dignam 幼小的孤哀子安排收容之處；一個斷腿的退役士兵沿街行乞，經過 Bloom 家時樓上有隻「肥潤豐圓的裸臂」投下一枚銅板；Bloom 在小書舖為 Molly 租到一本黃色小說；Dilly 巧遇父親，苦苦求得幾個銅板，來書舖買了一本法文入門；正好 Stephen 也來了，對她的窮苦樣子很當然同情，卻沒想到給她一點錢；Bloom 看到 Boylan，意識到他同 Molly 歡聚時間已近。最後是英國總督夫婦由扈從前呼後擁坐馬車招搖過市。這樣，首節是教會代表，末節是政府代表，整個愛爾蘭社會彷彿被這兩大統治者從頭到尾籠罩了。

　　本書五十來個主要和次要人物都在本章十九節中出場（投幣給那士兵的是 Molly，但到第十八章她自己提到時我們才能肯定）。寫這樣多形形色色的人和事所用最引人注意的技巧是交叉敘寫同時發生的若干場景（Budgen 稱之為 simultanist treatment,

Nabokov 稱之爲 synchronization）。例如第五節 Boylan 在店裏安排買水果送往 Bloom 家以便他和 Molly 幽會時享用，而同時（下午 3 ： 15 左右）Bloom 正在書舖爲 Molly 租言情小說；相互對照，增加了我們對 Bloom 的同情。

本章平鋪直敍，乍看平淡無奇；實則充滿作者蓄意埋設的種種陷阱，不但讀者，連故事裏的人物都會跌進去。

行文清澈流利，夾以 Bloom 和 Commee 等人的內心獨白。

第十一章（Sirens）

時間：下午 3:38-4:30

地點：Liffey 河碼頭上的 Ormond 旅館

人物：Bloom, Simon Dedalus，吧女，Lydia Douce 和 Mina Kennedy，鋼琴調音師（青年盲者），Boylan，Lenehan，其他酒客

　　本章為費時整整五個月的嘔心瀝血之作。起頭是六十個斷片（據 Gabler 版），或只一個單詞單語，或二三短句；彷彿主題索引或交響樂序曲；支離破碎，乍看如陷五里霧中，要細讀正文才知端詳。

　　Simon 和 Bloom 先後來到旅館的餐廳和酒吧。兩個吧女（即標題中的 Sirens）一邊嬉笑一邊招待客人；但是很勢利眼，例如對 Boylan 特別巴結，而不理 Lenehan。Bloom 吃（較早的）晚餐；給女友寫回信；看到、聽到（"a jing … Jingling … Jingle"）Boylan 的馬車趕去他家（到達時約 4：15）。等他離開，其他客人——連 Simon 在內——便發聲嘲笑他們夫婦。時過四點，奸情已在他家發生。四點半趁電車隆隆過街 Bloom 放了一個響屁：正如 H. G. Wells 早已指出的，喬伊斯念念不忘排泄和廁所（"a cloacal obsession"——小說第七章第 27 節出現過的字眼。）

　　全章富音樂感。寫作時喬伊斯住在瑞士蘇黎世，該市長年不斷有種種演奏，愛好音樂的喬伊斯如魚得水，只要有機會總是盡可能前往欣賞。據 Budgen 回憶，本章和下章是他寫作時最稱心快意的兩章。此外，本章開頭（下午 3：38）與上章結尾（下午 4：00）在時間上重疊，有些情節同時發生。例如本章兩個吧女

對剛走的鋼琴調音師讚不絕口，說他溫文爾雅，我見猶憐；而同時（見上章第十七節）這青年盲者卻正在十字路以穢語咒罵一個無意間碰到他拐杖的行人。

除突如其來的開端以外平鋪直敘，有 Bloom 的很多獨白。

第十二章（Cyclops）

時間：下午 4:45-5:45
地點： Barney Kiernan 酒館
人物： Bloom, The Citizen，其他酒客（包括故事敘述者"I"）

　　這章對都柏林人的族群偏見作了辛辣的揭露。帶強烈反諷意味的所謂"The Citizen"（無名無姓）無疑表示這種心胸狹窄的人在當地並不少見。他由惡犬 Garryowen 伴隨下在酒館揩油喝白酒，發些愛爾蘭民族主義濫調。 Bloom（他與兩個友人約好在這裏會齊以便爲 Dignam 處理後事）聽了表示不服；不久 Lenehan 進來，宣告 Throwaway 一馬當先賽勝，他和 Boylan 及其女友（指 Molly）賭另一匹都輸了；他尤其懊惱的是中途變掛未用 Bloom 所給的「消息」。在場諸人以爲 Bloom 賭贏了卻不願請客；對 The Citizen 而言更不啻火上加油，乃公開辱罵 Bloom，斥他沒有資格自稱愛爾蘭人； Bloom 不甘示弱，據理力爭，提醒他斯賓諾薩和耶穌、馬克思等都是猶太人。雙方劍拔弩張，幸有 Cunningham 等人及時趕到把 Bloom 拉走。 The Citizen 急急趕出，以餅乾罐子權充飛刀猛擲，沒有打中；再命 Garryowen 追咬，也未得逞。

　　可以獨立成爲上好的短篇，其一大特色是用了不可靠的第一人稱敘述觀點（unreliable point of view）。"I"──他的職業是替別人催付欠款──之乖戾憤世比 The Citizen（二人都只在本章正式出現）有過之而無不及，在他心目中沒有任何人任何事可以相信。我們一方面厭惡他的卑陋貪婪，卻又不禁爲他插科打諢式的冷嘲熱諷所吸引。這種敘事觀點亨利・詹姆斯已先用過，經喬伊斯進一步加以發揮，影響了不少後起的小說家，如福克納。

　　另外戲擬了多種文體，總共有三十三個片段。

第十三章（Nausicaa）

時間：傍晚 8:00-9:00（當天 8 ： 27 日落）
地點：東郊海濱（同第三章）
人物： Gerty MacDowell, Bloom

　　從上章結尾到本章開頭有兩個多小時的情節也未正式描述。但我們在第十七章發現在這段時間內 Bloom 和 Cunningham 等人從酒館坐馬車去為 Dignam 的遺囑安排生活問題（包括申請保險費），繼則前往慰問未亡人。他未與其他人一同返回市區，而單獨走路來到海邊（離開亡友家之前在牆外小便一次）。

　　這時芳齡二十一歲的 Gerty 與兩個女友已先來乘涼（當天很燠熱），獨坐石上想自己的心事。 Bloom 同她眉來眼去。這閱世不深而耽讀濫情小說的少女浮想聯翩， Bloom 則飽餐秀色（至終發現她是跛子）。經她用種種肢體動作（如仰身向後暴露內褲）故意挑逗，他不能自制，當場手淫。她走以後他記起自己的錶不早不晚在四點半停了下來，是不是就在這當口 Molly 同 Boylan 成奸？（"Was that just when he, she? /O, he did. Into her. She did. Done."）他在瞌睡中聽一大鐘仿杜鵑聲連響九次 cuckoo ，報時九點，也無形中暗諷他已變成 cuckold （烏龜）。

　　喬伊斯看了當時流行的大量言情小說寫成這篇可圈可點的俳諧體文字。大體含兩部分：前面戲擬婦女雜誌習見的陳腔濫調；後面大都是 Bloom 的內心獨白，語氣比較冷靜，低沉。

第十四章（Oxen of the Sun）

時間：深夜 10:00-11:00
地點：黎菲南岸產科醫院
人物：Stephen, Bloom，女護士 Callan，醫科學生

　　看來之前 Stephen 和這幾個學生用他的薪金在酒館已經喝了不少酒了（尤其 Stephen），又來這醫院一休息室嬉鬧，繼續喝著最烈的 Bass 牌濃啤酒。下午 Bloom 聽 Mrs. Breen 說友人 Purefoy 的太太已臨盆三天而尚未生產，這時特別前來探視。他和當值的女護士都對這群青年很看不慣。他對 Stephen 卻有好感（已是當天第三次看到他），忠言勸他節制，但徒勞無功。產婦順利生下她第九個孩子。諸人又連去幾家酒館；Bloom 不放心 Stephen，追隨而至，卻不喝酒。最後學子們散去，Stephen 身邊只剩下 Lynch（還想繼續揩油）。

　　風格模仿英文的發展經過。開頭是拉丁文和愛爾蘭文相雜的「混沌」體，詰屈聲牙，無法通讀。中間戲擬歷代諸散文大家（包括 Malory, Bunyan, Pepys, Defoe, Fielding, Swift, Sterne, Dickens, Pater, Newman, Ruskin, De Quincey 和 Lamb），以迄當代（二十世紀初），頗能證明喬伊斯英文造詣之精。但他戲擬的片段有的固然可圈可點，有的則並不成功。

　　據喬伊斯自己計算，本章花了一千小時寫成，是另一殫精竭慮之作。

第十五章（Circe）

時間：半夜 11:15-12:40

地點：Nighttown（風化區）

人物：Bloom, Stephen, Lynch，妓院老鴇，Bella cohen，妓女

　　這章開頭與上章結尾雖然只隔一刻鐘左右，卻彷彿發生了一件頗不尋常的事而沒有正式交代。在上章 Mulligan 和 Haines 約好夜裏 11：10 在 Westland Row 站同坐當天 23：25 一班火車回 Martello Tower（在 Sandymount 站下）。不料 Stephen 和 Lynch 要去風化區，也來這裏坐車。狹路相逢，一言不和，Stephen 揮拳把 Mulligan 打得頭破血流，抱頭鼠竄；這樣洩了他一天的心頭之恨。

　　本章採用戲劇形式，可分五幕，首尾各有序幕和終場白。

　　近半夜時 Stephen 和 Lynch 來到這裏。（按："Nighttown"是喬伊斯獨撰的名稱，當地人把該地區叫做"Monto"。）Bloom 繼續尾隨 Stephen（已成爲他的父親形象），在 Westland Row 搭上同一班車，但是坐過了站，只好再度回頭（也可能他誤搭了另一列車）。他趕到以後在 Bella Cohen 開的妓院找到他們。Stephen 已經爛醉，胡亂拿錢給鴇母，太多了，Bloom 奪回代爲保管。在幻象中 Stephen 亡母顯靈，強求他祈禱懺悔，他又氣又急，舉杖亂打，擊破燈罩；Bloom 替他賠償（否則一定吃虧），隨他出門。Stephen 被酒後尋事的英國兵打翻在地。Lynch 趁亂中溜掉（背叛爲本書重要主題），Bloom 挺身照顧。

　　以上屬眞人眞事，但本章更多的是詭譎妄誕的「太虛幻境」，上台的有生者也有死者，如 Molly（Marion）, Boylan, Breen 太

太，Bloom 過世的父母，因他調戲過而遭 Molly 辭退的女傭，Gerty MacDowell，……；甚至沒有生命的事物也粉墨登場，如聲音（A Voice），Bella 的扇子（The Fan），吻（The Kisses）和 Bloom 上午買的香皂（The Soap）。這樣，初讀當然不容易理清頭緒。喬伊斯重寫了不下八、九遍，自己也承認遭遇艱巨的技術問題，爲讀者造成的困難當然更大。另一方面，這樣堅苦卓絕，脫稿後不消說如釋重負，而且十分滿意，告訴友人這可能是到那時（1920 年底）爲止他最精采的文字。

第三部（Nostos）

第十六章（Eumaeus）

時間：半夜 12:40-1:00
地點：馬車夫歇腳的酒館（Cabman's Shelter）
人物：Bloom, Stephen，酒客

　　此處離風化區不遠，Bloom 伴引 Stephen 走過來。這是二人第一次單獨相處。Bloom 津津樂道自己對人對事的見解，Stephen 姑妄聽之。路上 Stephen 解囊相助一個流落街頭的相識者，並告訴那人可以向 Deasy 的學校申請教書的位子。——他不但決定不再回 Martello Tower 寄住下去，也不想在那學校繼續擔任助理教員了。

　　到目的地落坐不久，酒客中有個自稱是 W.B. Murphy 的水手同他們搭訕，說認識 Simon Dedalus。此人夸夸而談自己遊歷世界各地的奇怪經驗，毫無邊際，顯然是在編造。

　　Bloom 見報上所載葬禮參加者名單把他的姓名濃縮為 L. Boom；那位身穿 macintosh 的陌生怪客被記者賜名 M'Intosh；不在場的 Stephen 和 M'Coy 也被那邋遢記者列了進去。Bloom 掏出 Molly 的倩影鄭而重之讓 Stephen 欣賞，一面指出她誘人的曲線；Stephen 客氣地表示同意。顯而易見 Stephen 只是虛與委蛇而已；他剛剛被打昏在地上，酒醉也並未全消，加以又一天多未吃東西，心力交瘁是難免的。經 Bloom 誠意邀請，Stephen 無可無不

可地隨他一起回家。

多用俳謔體，模擬報刊上俗濫的措詞。

第十七章（Ithaca）

時間：下半夜 1:00-1:45
地點： Bloom 夫婦的住宅（同第四章）
人物： Bloom, Stephen, Molly

　　Bloom 的住處離馬車夫休息的酒館十多條街，他帶 Stephen 走路回家。早上換衣服時他忘記帶大門鑰匙（兩個男主角一個有意一個無意地成為"keyless couple"），又不願叫醒 Molly，只好爬欄杆跳進比路面低得多的前院（喬伊斯曾特別寫信叫姨媽查核是否可以這樣做到），再從未上鎖的側門進屋，打開前門讓 Stephen 進去。二人繼續喝茶聊天，但從前一章已可明顯看出二人間在年齡、性格和背景方面存在著難以溝通的歧異，談話始終不投機。 Bloom 希望 Stephen 宿在他家，甚至搬來作二房客； Stephen 只答應回來教 Molly 改正唱歌時的義大利語，婉拒留髡的盛意。他辭走以後既不想重返 Martello Tower，又不想回家，到底去哪裏過夜成為小說又一個著名的謎。

　　Bloom 送 Stephen 離開以前把為他保管的二十七先令璧還（事實上可能多給了一便士）。二人在後院滿天星斗之下就地小便，握手而別；教堂鐘聲報時一點半。 Bloom 重返客廳，前額猛撞到餐具櫃上，這才發現家具（如鋼琴、桌椅沙發等）全被重新安排（被誰？沒有人能夠斷定）。他計算了當天的收支款項：這看似詳實的帳目卻並不可靠，例如顯然故意未列在妓院花的十一先令。（參看 Osteen 書所附"Bloom's Revised Budget"）。他上床時 Molly 醒了，問他白天的活動情況。儘管又累又睏，他打起精神慎重回答，時而誇張，時而保密，時而撒謊（從下章我們知道她並未完全置信）。

　　全章使用問答體，而且列了幾張清單，除收支帳目以外還有 Bloom 的藏書，他心目中 Molly 的 25 個「追求者」（包括可能並無其人的一位神甫），他兩個抽屜中明放暗藏的物件。

　　這樣再度戛戛獨造，對小說藝術產生解放和推進的作用。

第十八章（Penelope）

時間：下半夜 1:45-2:20

地點：Bloom 夫婦的臥房

人物：Molly

　　早上八點多 Molly 短暫出現一次，下午三點多我們瞥見她投擲銅幣的手臂，其後她沒有真正亮相（第十五章屬於幻境，並非「正身」），當晚她同 Boylan 通姦的場面沒有正式描寫。最後這章密密麻麻四十多頁則全錄了她再入睡前洶湧澎湃的思潮。

　　首先她很驚異丈夫睡前竟敢倒行逆施，要她次晨伺候他用餐（這是她的理解，可能是聽錯或誤會）。然後記起直布羅陀的少女時代和第一個情郎，同 Bloom 由熱戀而結婚的若干細節；想到某些男人對她的染指之心，生男育女的經驗（尤其兒子夭折打擊極大，其後夫婦未再有過真實的性行為），下午同 Boylan 數次性交的感受，丈夫為 Stephen 所作的吹噓（聲言他是作家，就要去大學執教鞭）……等等。

　　本章分八段，喬伊斯稱之為「句」（sentence）。除第四句和最後第八句結尾各加一句號之外沒有任何標點符號，旨在呈現內心獨白毫無羈束的特色。通篇（包括首尾）yes 一詞不斷出現，末了那個特別使用大寫。（我曾譯過結尾二頁，見 1997 年洪範版單印本《尤力息斯》選譯，頁 54-8。）

　　內心獨白（interior monologue）雖非喬伊斯所創，卻經他在本章發揚光大而產生令人難忘的效果，成為這一小說技巧最膾炙人口的典範文字。有人（如 Nabokov 和蕭乾、文潔若等）認為不妨加標點符號；但這樣就違反了內心獨白的最大特色（不講理路，不受拘束），變成普通文章了。何況有些詞語上下文皆可適用，斷句便照顧不到這種前後雙關的旨趣（參看本書〈and no stops：最後一章的迻譯〉一文）。

卷　二

迎《尤利西斯》

　　喬伊斯的《尤利西斯》和普魯斯特的《追憶似水年華》，是二十世紀最偉大的兩部長篇小說。後書，江蘇譯林出版社去年出齊十多人合翻的中文全譯本，臺灣已由聯經出版公司重印問世；現在，《尤利西斯》也由九歌出版公司大力支持金隄先生以多年功夫完成全譯本，現在要出版了（北京的人民文學出版社隨後將出簡體字版），三兩年內中國翻譯界的兩個特大號漏洞因而得以彌補起來，確實值得大書特書。

　　這兩部浩瀚的巨著之難以閱讀是有名的，尤其《尤利西斯》於 1922 年乍出時幾乎沒有什麼人看懂，連葉茲和蕭伯納都未能終卷，維吉妮亞·吳爾芙竟誤會男主角布魯姆或許是某報的主編，也弄不清他與另一男主角斯蒂芬畢竟有何相干。名作家尚且如此，普通讀者只好望書興嘆。好在經過專家學者七十年孜孜矻矻的鑽研索究，此書已不那麼拒人於千里之外。

　　但正如喬伊斯一再說過的，《尤利西斯》基本上是部幽默作品，出發點在於「使人發笑」。只要我們認真看下去，就會發現其妙趣橫生的一面。喬伊斯時常同讀者開玩笑，作遊戲。他在細節方面力求詳盡具體，有時卻又故弄玄虛，要讀者猜沒有謎底乃至謎面的謎。第六章在公墓裏那穿褐色雨衣的神出鬼沒的陌生者、第十二章的故事敘述者和酒館裏那位「公民」都被作者姑（故）隱其名，他們是何許人？第三章和第十五章鄭重其事問起的那個「盡人皆知的詞」是什麼？草稿中原有答案曰 love，修訂時刪去，1984年新版又把那段有關的文字補進，起初不少論者興奮若狂，以爲眞相大白了，繼而又懷疑是否妥當。事實上喬伊斯最後定稿時所作抉擇應當獲得尊重。❶ 斯蒂芬一早就決定不再回原來的住處，至終又拒絕宿在布魯姆家，那麼這天他去哪裏過夜？書中都沒有交代，喬伊斯專家沒有——也不會有——公認的定論。我們不妨抱著對偵探小說 whodunit 的態度猜測一番，即使常常徒勞無功。第十七章布魯姆心目中出現二十五位追求過他太太莫莉的男子，最初連研究者都以爲全實有其人，後來才知道是用了不可靠觀點（unreliable point of view）來暗示布魯姆因嫉妒而疑心生暗鬼，把查無其人的一位神甫也硬算進去。莫莉在書中出場次數有限，從周圍許多人物（尤其她丈夫）對她念念不忘卻看得出她的重要性。大家對她的印象因人而異，就長相、身材而言，自不同出發點表示讚賞的有門頓（第六章）和萊納漢（第十章），第十二章那個敘述者則嘲笑她癡肥難看。在布魯姆眼裏她風韻猶存，雖然結婚已經十六年；他以照片爲證，向斯蒂芬稱揚她豐滿肉感，這年輕人不爲所動（第十六章）。類似這樣的不同角度而又不盡可靠的觀點在回頭重讀時特別引人入勝。《尤利西斯》中多種多樣的敘述觀點是喬伊斯對小說技巧的重大貢獻。論者指出他想在一部作品中盡可能採用不同的敘事角度，稱他的敘事者爲變色龍（chameleon），隨時隨地變化莫測。例如第七章每節模擬報紙而加的標題是誰的手筆？第十七章所有的問答題是誰問的？是誰答的？第十二章對那專愛嘲諷別人酒徒的敘事中加插俳謔體（parody）評論的是誰？第十四章戲擬歷代英國散文風格的是誰？第十六章從頭到尾沒精打彩的文字是誰的口吻？ ❷

•

　　其實，原文長近八百頁的《尤利西斯》情節很「別致」，卻又很簡單，寫的是 1904 年 6 月 16 日星期四這天從早上八點到夜裏兩三點之間都柏林一對中年夫婦和一個青年知識分子身心活動的情狀；嚴格說來，絕少有重大事件發生，最不尋常的可能是下午這位妻子終於跟小她好幾歲的情郎初次成奸，使她丈夫終日耿耿於懷。另外書裏也利用種種技巧渲寫了難以數計的其他都柏林人的所行、所言、所思。喬伊斯通過雞毛蒜皮微不足道的細節，立意要為整個城市繪形畫像，「立此存照」，他希望將來都柏林萬一變為廢墟時，人們可以根據《尤利西斯》逐街逐巷重建。這是小說的許多獨特處之一。有的學者稱 6 月 16 日這天為「絕對最日常的一日」（the dailiest day possible），現在西方若干地方每年都像節日一樣慶祝這個「布魯姆日」（Bloomsday，用男主人翁的名字）。

　　幾十年來，每談及《尤利西斯》，讀者往往首先想起它的晦澀和色情片段。喬伊斯深信「食色性也」，書裏到處有吃喝場面；關於性，他更是就事論事，不作任何保留，因此衛道者視《尤利西斯》為淫書，各國官老爺們屢屢將之列為禁書。

　　有一次喬伊斯的一個朋友說她很喜歡艾略特的《荒原》，只是看不懂，喬伊斯說：「非看懂才行嗎？」他反對艾略特後來為這首長詩追加的註釋（事實上連註釋也不好懂），他的意思是讀文學作品了解與否並不那麼要緊。若干年後，福克納持相似的看法。有人告訴他，他的作品看兩三遍還是不懂，該怎麼辦呢？回答是：「讀四遍。」至於如何讀《尤利西斯》，福克納建議像不識字的浸信會牧師讀《舊約》那樣，虔誠篤信，硬著頭皮堅持看下去就是了。博赫斯（Borges）則自承「像世上所有的人一樣，我始終沒有從頭到尾看完《尤利西斯》，但其中有些場景我卻樂於一讀再讀。」威爾遜（Edmund Wilson）懷疑任何人讀過一次就能記住如此繁複的內容，「而重讀時我們翻開哪裏看哪裏」。這三人大體上代表《尤利西斯》的可能讀法。

　　無意如喬伊斯所企盼的那樣對他的作品皓首窮經的中國讀者，沒有必要對每一詞語或典故追根究柢，所以能逐句精讀固然最好（中譯本附有周詳的註釋），卻不必太勉爲其難，實在艱澀的片段不妨跳過。這樣最少不至於因厭倦而廢書不觀，爲個別章節的魅力感動以後倒可能想進一步通讀全書。

　　　　　　　　●

　　下面具體談談我對《尤利西斯》讀法的看法。

　　喬伊斯的白描工夫在《都柏林人》和《藝術家青年時代寫照》已經顯而易見。《尤利西斯》以內心獨白著名，但全書仍以白描爲主。初讀者不妨先看第一、二、四、六、八、十、十一、十二和十三各章；尤其第四、十和十二這三章。連第十八章浩浩蕩蕩的內心獨白只要硬著頭皮耐心看下去，過幾頁便很可能被吸引進去。

　　內心獨白在小說第一頁就開始出現，但上面提到的九章只不過於平鋪直敘中偶或夾雜隻字、片語或短句，而且文從字順，一目了然。第三章首次著重使用內心獨白。斯蒂芬讀書博，念頭多，因此他的冥思遐想跳動飛躍如不羈的野馬，常難以捕捉，布魯姆的就比較曉暢（如第五章）。第九章斯蒂芬的內心獨白不複雜，倒是他在圖書館與友人高談闊論莎士比亞那部分牽強附會，有鑽牛角尖的嫌疑，可能只有愛好莎翁的人會感到興趣盎然，普通讀者如果不耐煩，可以快讀或跳讀。最有名的最後一章莫莉那四十多頁內心獨白，因沒有標點符號，致使很多人望而卻步，實則不難讀懂，讀時自然而然會在心裏斟酌前後文斷句或加標點。此章我很偏愛，結尾兩頁追憶童年的文字是神來之筆，其感染力不可抗拒。

《尤利西斯》在技巧和文字上力求千變萬化。第十章寫三十多個都柏林人同一時間在不同地點的言行，把電影蒙太奇手法發揮得淋漓盡致（第十一章像是它的續篇），讀起來也趣味盎然。第七章開頭用內心獨白，後來漸漸少用。章下分節，每節冠以報紙形式的標題，用的是俳諧體（parody）。吉福德（Gifford）稱這章為「文學手法百科全書」，輕而易舉就列了一百多種。這章很容易懂。第十二章開始越來越多用俳諧體。第十四章自始至終在用，模仿英國由古到今二、三十種不同的散文風格。開頭裝作逐字直譯古羅馬文章，全然不顧英文語法，成為全書最詰屈聱牙的片段。此章可以快讀、跳讀，甚至暫且不讀。第十六章模仿當時新聞文體的陳詞套語。第十七章通過三〇九對科技文獻式問答，故作絕對客觀狀在這倒數第二章——喬伊斯視為全書的真正結尾，因為第十八章「沒有開頭、中間和結尾」——拋出有關兩個男主角的大量最新資料。這是作者本人最喜愛的一章，它和第十六章都不難讀，讀來也都很有情致。

喬伊斯說第十四章花了一千小時才寫成，第十五章（小說最長的一章）則曾九易其稿，他十分滿意；然而連專家學者都無法同意哪些片段是實事，哪些是幻覺，第一次看如果感到迷亂或疲累，就不必細讀。

註釋

❶ 1984 年版出版後惹起的爭議成為《尤利西斯》研究方面的一大公案：*The New York Review of Books* 和 *The James Joyce Quarterly* 等都刊出重要文章；John Kidd 在前者發表的「檄文」轟動一時。現在僅專書就已經有幾本了，如 Sandulescu and Hart（1986）；Gaskell and Hart（1989）和 Arnold（1991）。（見本書所附參考書目。）有關的簡要評述見 Robin Bates, "Much ado about James Joyce's *Ulysses*", *Smithsonian,* Vol. 20, No. 12（March 1990），129-44.

❷ 見 Robert Scholes and Robert Kellogg, *The Nature of Narrative*（Oxford Univ. Press, 1966），271.

按：此文原為九歌版金隄譯《尤利西斯》上冊（1993）的引言，略有增補，並加了註釋。

漢譯所涉及的若干問題

當年喬伊斯寫《尤利西斯》時曾使用過《牛津英語詞典》（*Oxford English Dictionary*）；那時候語詞典只出了 A-T 部分，等到 1989 年出第二版時卻又回過頭來收了不少《尤利西斯》中新鑄的字眼。然而書裏仍有許多詞語不但新版《牛津詞典》沒有收，連吉福德的專書《尤利西斯註釋》1988 年增訂版 ❶ 也或者未收，或者收而未注（不下七十處）。這樣，翻譯的困難就可想而知了。新鑄的詞語讀時即使可以「意會」，譯時卻往往難以「言傳」。"glovesilent hands"（15.4060）❷ 前一詞是喬伊斯將兩個常見的詞連接起來成為新詞，意思一目了然，漢譯「因戴手套而沒有聲音的」（金，1082）❸「和戴了手套發不出聲音的」（蕭、文，1204）❹ 都很稱職；半夜以後布魯姆和斯蒂芬在馬車夫休息的飯館，有人念一份 "stained by coffee evening journal"（16.602），這裏是模仿德語複合詞，中文也有這種語詞，可以順水推舟（見金，1160；蕭、文，1338）。但兩處都不容易表達作者「造字」的旨意。

喬伊斯不獨撰新字的時候也並不容易翻譯。《尤利西斯》用了大量雙關語。斯蒂芬告訴迪西校長："History...is a nightmare from which I am trying to awake"，（2.377）隨即想到 "what if that nightmare gave you a back kick?" nightmare（夢魘）是極普通的複合詞，但這裏第二次出現時其第二部分 mare 卻指「母馬」，整個詞一語雙關了。後一句金譯為「要是惡夢像劣馬似的尥蹶子踢你一腳呢？」（118）蕭、文譯文大體相同，二者都加注指出雙重含義。莫利根在國立圖書館喬穆爾（George Moore）爲愛爾蘭青年講授 French letters,（9.1101）這個詞既指法國文學，又指避孕套。穆爾是愛爾蘭文壇祭酒，年輕時期在巴黎學畫時卻過著放浪形骸的生活，所以有此惡謚。兩種翻譯都作「法國文學」，（金，487；蕭、文，515）但蕭、文未加注解，使雙關意義失去。第十四章斯蒂芬也用過這個稱號（14.393）。布魯姆在海邊記起他口袋裏放著一個 French letter。（13.877）深夜莫莉提醒自己第二天要查看是否還在他口袋裏（18.1235）這裏不含雙關意思，金第一次譯爲「保險套」（787），第二次爲「避孕套」（1401），蕭、文兩次都作「法國信」，（899, 1606），並且加了注釋。由此可見即使並非雙關語，翻譯時也往往難以討好：「避孕套」照顧不到原詞的俚語特色，「法國信」必須加注解說。英語中有不少詞對法國人很不敬，French letter 即其一；事有湊巧，法文 capote anglaise 字面意思是「英國帽」，實則指避孕套，而法譯本正是用這個詞來回敬，❺ 但不免有技術犯規之嫌。

　　喬伊斯在《尤利西斯》中玩的文字遊戲舉不勝舉。在迪格納姆的墳旁哈因斯負責記錄送葬者名單，結果上報後赫然出現了 L. Boom 這個名字，（16.1260）布魯姆的教名 Leopold 縮成一個字母，又正是他姓中漏去的那個，無形中像是他被肢解了。中文不是拼音文字，兩個譯本都作「利・布姆」（金，1189；蕭、文，1362），看來也只好如此。清晨布魯姆出門前拿起帽子，"The sweated legend in the crown of his hat told him mutely: Plasto's high grade ha"（4.68-70）。汗水把商標上的 t 濕掉了。金譯 ha 爲「禮巾」（162 ——「巾」應是偏旁，被誤植成整體的字），理所當然；蕭、文作「帽子」，（174）與前文對不上號了。布魯姆認爲這個 ha 很滑稽，後來不止一次想起過。（例如見 5.24, 11.876）至於斯蒂芬在巴黎收到父親的電報上 Mother 誤成 Nother，（3. 199）中文有現成的「毌」（見金，136），蕭、文作「母」，（139）不知是否手民排錯。

•

　　在文法方面，漢譯者所面臨的問題往往比歐美各種語文譯者多得多。喬伊斯喜歡扭曲詞句，乍看會覺得語無倫次，仔細品味則反而有趣。

　　著名短篇 "The Dead" 的著名開頭 "Lily, the Caretaker's daughter, was literally run off her feet" 中 literally 顯然不通，是作者在借用這少女的聲口。《尤利西斯》第十二章近結尾有一夸誕片段提到報上說大「地震」發生後法院 "is literally a mass of ruins"，（U12.1867-68），與 Lily 的用法同樣錯誤，也是模仿新聞記者的邋遢措詞。第十三章寫布魯姆在海灘上兩眼緊盯著格蒂，飽餐秀色，"literally worshipping at her shrine"（U13.563-64）則在戲擬婦女雜誌經常濫用的這種形容詞語。蕭、文譯前者爲「全部徹底地」，（813），後者爲「樸樸實實地」，（887），金譯分別爲，「頓時」（742）和「確確實實」，（774），都未傳出原文意帶調侃的情趣。

　　布魯姆的祖父是第一代移民，所以說出 "Some, to example, there are again whose movements are automatic"（15.2425）這樣蹩腳的英文來，漢譯爲「另有一些，舉例說吧，其行動是不由自主的」（金 966）或「舉例來說，有些人的動作是自發的」，（蕭、文，1121）似都太通順了。"They were afraid the tide might come in on them and be drowned"（13.471）句讓 tide 做了 be drowned 的主詞，漢譯一作「怕潮水漲上來把他們淹死」（金，177），一作

「生怕漲潮，把他們淹死」（蕭、文，884），看不出原文故意欠通之處了。

中文主詞和賓詞通常用同樣的字。第十五章布魯姆回憶中學時代曾經手淫的事，自我解嘲，認爲連聖賢都不能免："Besides, who saw"。但立即有一小牛犢現身說 "Me. Me see"（15.3361），這裏法文輕而易舉轉成 "Moi. Moi voir"（II, 243），中文則譯作「我。我見著了」（金，1045）或「我。我瞧」（蕭、文，1168）。

莫莉一大早在床上要丈夫爲她找一本書，一時找不著，她就說 "It must have fell down"（4.326），隨即作者像是改正文法似地寫道："The book, fallen,..."對於太座的這個錯誤布魯姆念念不忘，直到深夜還想起來："...and the book about Ruby with met him pike hoses（sic）in it which must have fell down sufficiently appropriately beside the domestic chamberpot with apologies to Lindley Murray"（16.1472-75）。莫莉如此把動詞過去式和過去完成式混淆，眞是對不住道貌岸然的文法學家 Murray 了。既然布魯姆這樣重視，翻譯時當然不能掉以輕心。兩種中文本都譯 fell 作「掉」（金，175；蕭、文，186），太順了。但即使「將錯就錯」，譯成「搞」、「弄」或「跌」，也只能表示莫莉用字邋遢，未必顯出她文法上的缺陷；過了一會莫莉告訴丈夫 "There's a smell of burn"（4. 380），布魯姆傍晚在奧蒙德旅館也曾想起過。兩種翻譯都作「糊味（兒）」（金，178；蕭、文，188），這種地方中文文法實在難以應付。

《紅樓夢》有「千里伏線」的手法，《尤利西斯》中也很常見。瑪莎給布魯姆的信裏有一句 "Are you not happy in your home?..."（5.246）下午布魯姆想起這句話，後來又記起兩次，但兩次都縮成 "Are you not happy in your?"（11.810-11; 13.1105）。中文本都把 your 後面因內心獨白而略去的 home 加譯，好在總算照顧到了前後文的關係（見金，619，796；蕭、文，690，908）。

在行文中喬伊斯常把人體的一部分突出並且人格化。"His slow feet walked him riverward, reading"（8.10）"Miss voice of Kennedy answered"（11.237），"Miss gaze of Kennedy....read on,"（11.240），"His hand took his hat from the peg"（4.66），"Alarmed face asks me"（9.332），都是文法通而意思有點古怪。中文本蕭、文大多採用解說方式，把意思譯得太順了；金譯較直，也較可取。

《尤利西斯》中難以數計的代名詞也會成為翻譯時的攔路虎，尤其在內心獨白片段裏。本斯托克夫婦曾以數頁篇幅專為最後一章的男性代名詞「驗明正身」，而有十數處他們也不能斷定。❻ 也有些地方讀者摸不著頭腦而譯者倒不妨依樣畫葫蘆。上午斯蒂芬在海灘上散步時有一條狗朝他跑來，著實嚇了他一跳，隨即念頭一轉："He saved men from drowning and you shake at a cur's yelping"（3.317-18），內心獨白裏可以胡思亂想，不顧什麼來龍去脈，這個 He 斯蒂芬心知肚明，我們乍讀卻會感到沒頭沒腦，猜不出是指莫利根，而翻成一個「他」字就可功德圓滿。布魯姆內心獨白中的 they 通常泛指女人（第十三章有一處一頁內出現十次），漢文譯者須先驗明性別，然後譯為「她們」。另一方面，讀時一目了然而譯時煞費苦心的地方也不少見。漢語代名詞與名詞同樣沒有主格賓格之分。第十五章有把扇子對布魯姆說 "Is me her was you dreamed before? Was then she him you us since knew? Am all them and the same now me?"（15.2768-69）；幾乎所有英文代名詞都以主格或賓格在這裏亮相，歐美各種語文大可逐字照搬，漢文卻做不到。蕭、文譯最後一句為「我現在是所有的女人，又是同一個女人嗎?」(1139),乾脆把 them 改成名詞了。(金譯見頁1015)。

　　漢語稱動物通常用「牠」或「它」,不分雌雄;但英文除了 it 之外還以 he/him 和 she/her 區分性別。第十六章布魯姆與斯蒂芬在路上經過一匹拉車的老馬,行文中起初稱之為 it,隨即改用 "his"。蕭、文把二者都譯為「牠」, "the lord of his creation sat on the perch"(16.1785-86)一句的 his 則翻成名詞(「牲口」,1380)。本章結尾提到這匹馬時用 he 和 he(or she)(16.1877-78)蕭、文譯 he 為「牠」, he(or she)為「他(或她)」(1384)。金譯第一個 he 為「它」,第二個為「他」,(1217)這樣不一致,看得出英漢兩種語文的代名詞之間的差異。

　　Finnegans Wake 全書最後一詞是 the,它所指稱的詞語在全書開頭:riverrun。《尤利西斯》的內心獨白片段裏也出現以 the 結尾的句子,如 "Jingle, have you the?"(11.869), "Suppose she were the?"(11.1123),第十五章斯蒂芬自言自語: "Play with your eyes shut. Imitate pa. Filling my belly with husks of swine. Too much of this. I will arise and go to my. Expect this is the"(15.2495-97)。 "my" 和 the 後面當然都省去了名詞,前者可能是 "father"。 ❼ 後者則難以斷定。第十五章有個妓女眼睛長了一塊麥粒腫,後來布魯姆的祖父稱讚她的胸脯和臀部,布魯姆卻揚言 "The stye I dislike;"(15.2369)前面已經提到 "a heavy stye,"(15.2076)所以再提時用 the,而且放在句子前頭加重語氣。蕭、文譯「我討厭麥粒腫」(1119)成為泛指了。金譯「我不喜歡那麥粒腫」(993),則兼顧到了前文。但一般說來,本書冠詞用得還算規矩,中文本大體上也都已善加照顧。

·

　　《尤利西斯》最爲人所知的是內心獨白，這種片段常常缺少邏輯性或上下文的聯繫，需要譯者細心揣摩，而仍會出力不討好。舉個很簡單的例子，布魯姆看著家裏的貓，想到："Curious mice never squeal"（4.28），嚴格從字面上看來，意思該是「好奇的耗子絕不會叫」，但這裏 Curious 後面顯然略去一個逗點，意思全然不同了。❽

　　內心獨白往往「說時遲，那時快」，一個念頭想到一半會緊急煞車，句子有頭無尾。爲迪格納姆送葬途中布魯姆探頭車窗外面，有一滴雨水落在他帽上，他隨後想道："I thought it would"（6.131）句子未完，由前文我們可以猜出略去的是 rain。漢譯以「要下」（金，228）或「會下」（蕭、文，245）結尾，未加「雨」字，可說適可而止。布魯姆想到他的通訊女友瑪莎來信中夾了一朵花送他："A flower. I think it is a"（5.239），他弄不清是什麼花，到 a 想不下去了。這裏兩種漢譯也都處理得恰到好處（見金，201；蕭、文 215）。中午過後布魯姆找地方吃飯的路上由一愛好文學的女子而聯想到 "Those literary etherial people they are all. Dreamy, cloudy,symbolistic"（8.543），"all" 後面加了句號，實則句子未完，接下去的三個形容詞才是句子的眞正結尾。這在內心獨白是普通的語法，不妨採用直譯。金本作「這些舞文弄墨、虛無縹緲的人，他們都是這樣的。夢幻似的，騰雲駕霧，象徵派的」（378），蕭、文本作「他們統統是搞文學、有骨氣的人。夢幻般的，朦朦朧朧的，象徵主義的」（408），都把前部分譯成完整句子了。

另一方面，有些句子則有尾無頭，傍晚時布魯姆在海濱觸景生情，陷入冥想："Suppose there's some connection" "Suppose it's ever so many millions of tiny grains blown across,"（13.1017）"Suppose it's the only time we cross legs, seated"（13.1086），這裏三個 Suppose 都是省去了主詞 I，蕭、文譯前兩個爲「假若」和「假定」（904），第三個未譯（907）；其實應如金譯「想是」，「我想」（792），和「估計」（795）。

　　　　　　　　　　●

口語和土話在書裏不計其數。"Rats!"（15.2623），"customer"（16.625），"What's your cry?"（11.350）"What's the damage?"（10.325）我們或者司空見慣，或者從上下文一看就懂，但翻譯時，在「信、達」之外當然還希望能達到「雅」的境界，而這往往是可遇不可求的。吃中飯時布魯姆碰到幾個相識者：

　　—— Who's standing? Paddy Leonard asked.
　　—— I'm sitting anyhow, Nosey Flynn answered.（8.994-95）

stand 俚語指請客，這裏緊接著的 sitting 則是承 standing 而接腔作文字遊戲，使兩個詞無形中都一語雙關，從中文本（金，401；蕭、文，429）可以看出漢語幾乎無法兼顧到雙重的詼諧意味。

斯蒂芬上午在海濱的內心獨白有這樣一句："But you were delighted when Esther Osvalt's shoe went on you"（3.449），"go on" 這裏指鞋子穿得上腳，金譯「穿到你腳上」（152）不夠精確，

蕭、文譯「剛好合你的腳」（150），較可取。布魯姆告訴老情人布林太太他女兒米莉找到一份工作，她說："Go away! Isn't that grand for her?"（8.208）；斯蒂芬的父親在酒吧與吧女調情，指她誘惑"poor simplemales"，吧女反嘲："O go away... You're very simple, I don't think"（11.204）go away ；金譯「眞的嗎？」（306）和「去你的吧！」（583），甚好。蕭、文譯前者爲「離開家啦？」（393）恐是誤解，後者譯爲「你給我走吧！」（656）則很傳神。

　　第四章通過布魯姆的觀點提到他太太的 large soft bubs（4.304-5）和 full wagging bub（4.532），第十五章布魯姆在妓院摸一個妓女的 bub（15.1343），妓院老鴇譏刺布魯姆他太太同博伊蘭通奸時 bubs to breast（15.3141）。bub 通常口語用以稱呼女人的乳房，這裏四次都帶性感意味，譯爲「奶子」較恰當。第十六章布魯姆讓斯蒂芬看莫莉的照片，後者只見"a liberal display of bosom, with more than vision of breasts"（16.1430-31）；那自稱水手的傢伙聲稱秘魯土著女子"Cuts off their diddies when they can't bear no more children"（16.480），"diddies"是愛爾蘭語，也指女人的乳房；第十七章又出現了"mammary prominences"這種科學用詞（17.1443）。女人身上的同一部位，卻有這些不同稱呼，譯時也應區別對待。❾

　　有些詞語可用現成的中國成語相配。"A stonesthrow away"（16.9）兩種譯文均自然而然作「一箭之遙」（金， 1135 ；蕭、文， 1317）。凌晨布魯姆和斯蒂芬離開風化區都很疲倦，但沒有馬車可租，只好"put a good face on the matter and foot it"（16.32-33）金譯「泰然處之，安步當車」（1136），固然未照顧到原文驢脣不對馬嘴的混雜隱語（mixed metaphors），但「安步當車」與前文呼應，則是很過得去的。當然，做過了頭也難免會失當。Kosher

（4.277）譯成「清眞」，可能是漢譯者難以抗拒的誘惑（見蕭、文，183），然而這兩個詞分別爲猶太教和回教所嚴格使用，似不宜等同起來；金譯「猶太教規」（173）是對的。 "Ahbeesee defeegee kelomen opeecue rustyouvee doubleyou"（4.137-38）將英文二十六個字母編成歌曲便於幼童順口溜唱記憶。蕭、文用音譯，然後加注說明（177）；金改爲「人呀手呀足呀刀呀尺」（165），很不妥，至少有技術犯規之嫌。

　　書裏有些與中國有關的詞語，例如 Hi Hung Chang（12.564），Li Chi Han 和 Cha Pu Chow（12.1495），以中國人名作文字遊戲，其中除 Hung Chang 顯然指「鴻章」以外，其他七個無法斷定是什麼漢字（當然，連作者本人都未必了然）。 Chinchin（12.600）在喬伊斯動筆前早已收入《牛津英語詞典》，該是指「請請」，蕭、文本作「欽欽」，❿有商榷的餘地。

　　《尤利西斯》充滿擬音的詞語。蕭乾說：「中國文字形容聲音的語彙本來就比較貧乏，《尤利西斯》偏偏這種地方較多。尤其是第十一章，簡直是一篇用文字組成的交響樂。中譯文只能表達出個大概來」（030）。事實上該章兩種中文本在這方面確已盡力而爲，效果也並不壞。其他章節有些複雜的詞語也很棘手。莫莉不懂 "metempsychosis"（4.339），誤聽成 "met him pike hoses"（8.112），也因英、漢語文的差異而無法圓滿處理。（見金，355；蕭、文，389）在飯館裏有人一面狼吞虎嚥一面口中念念有詞："I munched hum un thu Unchster Bunk un Munchday"（8.692——即 "I met him in the Munster Bank on Monday"），金譯（386）很貼切，蕭、文（415）則以括號點出本字，其實不必要。

　　小說用了不可勝數的頭韻（alliteration）詞語。 "Peter Piper pecked a peck of pick of peck of pickled pepper"（9.276）來自一首兒

歌，金譯「彼得‧沤珀比劈白果劈開了一批又一批的帶皮的白果」頗生動而傳神。（蕭、文譯見 476）有時候則可能事倍功半。第十七章結尾有一大段："Sinbad the Sailor and Tinbad the Tailor and..."（17.2322-26），每一對詞前面是人名，後面是他的身分，所有十五個人名彼此押韻，所有十五個職稱也彼此押韻，翻譯——尤其漢譯——時的困難不言而喻。（見金，1346；蕭、文，1524）

●

《尤利西斯》有不少難解的謎，使學者爭論不休。舉一個有名的例子，布魯姆在街上邂逅老情人時，她給他看丈夫收到一張匿名信卡：

　　—— What is it? Mr. Bloom asked, taking the Card. U.P.?
　　—— U.p.: up, she said. Some one taking a rise out of him.
　　（8.257-58）

U.P.這兩個字母書中重提多次，其重要性可見；但其含義則眾說紛紜，莫衷一是。一般認為信卡上寫的是 U.P.:up，而從布魯姆的話看來又好像只有兩個字母，布林太太說的 up 是她為布魯姆做的解釋。無論如何，既難懂，又難譯。金作「卜一：上」（363），蕭、文作「萬事休矣：完蛋」（396），並加了注，但只能說代表了兩種可能的處理方式。

●

地名和人名歐美語文可以原文移植，中文卻必須決定採用音譯還是意譯。有時街名代表一個機構，像 "for Fervis street"

（10.505）實際指坐落在這條街上的一所醫院。 "he came forth slowly into Mary's abbey"（10.434）， abbey 漢譯皆作「修道院」（金， 522 ；蕭、文， 589-90），實則此處是街名。 College Green 原指三一學院的一片草地，轉而用來稱呼它前面的一條街，再轉而用來稱呼這條街上的郵政分局（9.552）。都柏林居民可能熟知能詳，外人卻會茫茫然。

很多人物有外號，而且以「號」傳，原名反而鮮爲人知，如 "Pisser" Burke 、 "Nosey" Flynn 、 "Punch" Costello 等，這些外號有的很難以中文模擬。全書第一句就出現的 "Buck" Mulligan 蕭、文仿其音爲「勃克」，看不出是外號了。（金譯「壯鹿」，則傳不出外號的佻健聲口。）此人爲斯蒂芬起的外號是 Kinch ，說是仿擬利刃的切割聲（1.54-55），中文本都音譯，甚是。博伊蘭的外號 Blazes 連眞正含義都無從確定，遑論迻譯了；金意譯成「一把火」（179），蕭、文音譯成「布萊譯斯」（183）。仍以意譯爲勝。

有的人名是文字遊戲，難譯自不待言。 1992 年金隄在一篇文章中以數頁篇幅討論他處理 "Miss Dubedatandshedidbedad"（15.4354-55）過程中遭遇的種種障礙，❶原先酌定的譯法在全書脫稿前又作了修改，至終成爲「杜必達而她也眞的肚皮大了小姐」（1098），可圈可點。蕭、文作「杜必達小姐──而且她眞的吃了」（1220），把這個芳名拆散了。

•

《尤利西斯》第十五章很難懂，但譯時常常可以緊貼原文，「不求甚解」。最難譯的可能是第十四章，其中用俳諧體（parody）模仿盎格魯撒克遜到二十世紀初英國散文的發展情況，開頭第

四、五、六段詰屈聱牙，索解為難，遑論翻譯。漢譯者分別就這章的譯法作了說明。金「相應使用逐漸演變的中文文體」（1430）；蕭、文則「僅在前半部使用了半文半白的文體，逐漸恢復到白話」（978）。

第十六章與第十四章迥然而異，為了要表達半夜過後兩個男主角身心的疲憊，從頭到尾使用了陳腔濫調，而且往往語無倫次。開頭就是"Preparatory to anything else"。其後則重複一些套語："or whatever you like to call them"（16.854, 16.1871），"If I can so call it"（16.891），"What you would call"（16.4）"or something of that sort"（16.987），這些詞語翻譯時需要把握住分寸，既不能譯得「清新可喜」，也不能失之輕薄。"after a brief space of time during which silence reigned supreme"（16.938）蕭、文作「過了一陣短暫的寂靜之後」（1350），看不出原文的陳腐邋遢；金本作「在短時間的萬籟無聲之後」（1175），較好。

至於第十八章，⓬ 乍看最惹眼的當然是從頭到尾只有兩個句點，此外沒有任何標點符號。有人認為不妨加上以便幫助了解。⓭ 我們閱讀時雖然不免要在心裏斷句，翻譯時卻行不通。兩種漢譯在這點上差別最顯而易見：金恪遵原文是對的，蕭、文則以留空白的方式斷了句。這樣做的缺陷之一是會損害若干句子的意思，因為喬伊斯處心積慮，使某些詞語或者機帶雙敲，或者含義模糊，可以同時屬於其前後兩個句子。例如"so we are flowers all a womans body"（18.1576-77）這句如果在 all 前面斷句，意思是「我們（女人）全都是花朵」，如果在其後面斷句，意思就變成「女人的全身是花朵」。二者都可通。漢譯即使不斷句也不容易兼顧前後文。金譯：「我們就是花朵，女人的身體全都是花朵」（1415），蕭、文譯：「我們都是花兒　女人的身子」（1619），正好代表兩種理解，而皆不全面。

第十八章有四個關鍵詞。❶ 這些詞當中 yes 出現最多，總有九十次左右，開頭和結尾都是，結尾那個還特別使用大寫，但是大半看不出它與上下文有什麼具體關係。這個詞的重要性盡人皆知，歐美語文都有現成的對應詞，但中文缺少這種字眼。我曾建議擇定一個詞「從一而終」，兩種漢譯本則用了種種不同的措詞（金大都用「真的」，也用「是的」，「願意的」等；蕭、文大都用「對啦」，最後兩次用「好吧」）。但我仍認為不如全譯「是的」；這個字眼在漢語中已經習見，例如簡媜的《女兒紅》中便屢屢出現。（按：論者大都同意 yes ──尤其最後三個──表示莫莉對生命的肯定。其實不但第十八章，小說前面已把 yes 同生命和莫莉相提並論。例如第六章布魯姆參加友人葬禮途中記起當年妻子懷孕，兒子誕生，不久夭折，現在女兒也已情竇初開等等情事，隨即想到 "Yes, yes: a woman too. Life, life"；（6.89-90）第四章早上布魯姆上街買早餐時想到妻子睡在床上的豐滿肉感的胴體："Be near her ample bedwarmed flesh. Yes, yes."（4. 238-9）這裏前後四個 yes 也以譯作「是的」比較貼切。）

前面已談過內心獨白文字翻譯時的夾纏之處，這裏從第十八章只再引一個片段為例：

the last time I was there a squad of them falling over one anoth-er and bawling you couldnt hear your ears supposed to be healthy not satisfied till they have us swollen out like elephants（18.163-66）

•

　　按照文法，顯而易見在 a squad ， supposed 和 not satisfied 前面分別略去了 there were 、 it is 和 hey are ，❺此處法譯本（II, 476）金譯本（1355）和蕭、文譯本（1565）大體上都給加了進去，有損於內心獨白的本色，但也正好顯示出譯事之難，尤其如果是把《尤利西斯》譯成中文。

　　以上討論重點在於文字的商榷。但翻譯當然不只限於主客兩種語言，也涉及其他領域；尤其雜學家喬伊斯這部長篇巨構具有濃重的地方色彩和百科全書性質，譯時必須參考許多資料。舉一個例：第一章近結尾斯蒂芬等三人去 "the fortyfoot hole"，我們看得出這是海邊一個游泳所在，但為什麼這樣叫呢？連當前的都柏林居民都未必清楚，遑論千哩之外的譯者。幸而有人經過調查研究把結果記錄下來，我們才知道原來作者快筆直書的 forty foot 是縮略語，乃指英國殖民時期當地駐軍第四十步兵團（詳見本書〈釋義〉文第四節）。 ❻ 小說中旁徵博引的典籍和史實不勝枚舉，有的注解篇幅超過正文——例如吉福德(Gifford)的專書和法國 Pléiade 版附錄（見本書「參考書目」）。

註釋

❶ Don Gifford. *Ulysses Annotated.*

❷ 指 Gabler 編訂的 *Ulysses* 的章次和行次，下同。

❸ 指《尤利西斯》上／下（台北：九歌出版社， 1993/96）的頁次，下同。

❹ 指《尤利西斯》上／中／下（台北：時報出版公司， 1995）的頁次，下同。

❺ *Ulysse*, traduction d'Auguste Morel, revue par Valery Labaud, Stuart Gilbert et L'Auteur（Paris: Gallimard, 1995）, 845.

❻ 見 The Benstocks, 229-33 。

❼ 此處典出《新約‧路加福音》"I will arise and go to my father" 句。見 Gifford, 496 。漢譯（金，999 ；蕭、文，1124-25）都緊跟原文，很得體。

❽ 漢譯見金，160 ；蕭、文，172 。參看 R.M. Bollettieri Bosinelli, "Joyce the Scribe and the Right Hand Reader", in Sandulescu and Hart, 14, 223n14.

❾ 這些詞語的中文譯法見金，174, 186, 941, 1033, 1154 ；蕭、文，185, 195,1071, 1157, 1368 。

❿ 這幾個詞漢譯見金，674, 722, 676 ；蕭、文，760, 788, 761 。

⓫ 見 Di Jin, "Translating *Ulysses*, East and West", in Cheng and Martin, 270-84 。

⓬ 我已有一篇專文討論本章漢譯的種種問題，在 1994 年「外國文學中譯國際研討會」（台北）上提出，題為：〈"and no stops"：《尤利西斯》第十八章的漢譯問題〉。主辦者太平洋文化基金會曾結集出版。這裏只簡短地摘要重述幾點，詳見本書下面一文。

⓭ 例如納布科夫，見 Nabokov, 288 。

⓮ 說法不一，參看 Peake, 300n 。

⓯ 參看 Houston, 83 。

⓰ 見 Nicholson, 19 。。詳見本書〈釋義〉一文第四節。

按：此文原為 1996 年 7 月在中國首屆國際喬伊斯學術研討會（北京，天津）所提出的論文，此次結集曾加修訂增補。

and no stops ：
最後一章的迻譯

1

喬伊斯曾說過他故意在《尤利西斯》裏放進不計其數的玄機謎語，要使教授們伏案研究幾百年。又說過此書無法譯成另一語言。 ❶ 儘管後來他改變初衷，還直接間接參與過法文和德文的翻譯工作，他的話卻很有道理。《尤利西斯》是這位語言大師花七年功夫苦心經營的皇皇鉅著，從頭到尾咬文嚼字，遂使翻譯者隨時都會碰到攔路虎。全書十八章各有其不同的文體，而以所謂「珀妮蘿珮」（Penelope）的末章所用的內心獨白最為人所知；儘管莫莉（Molly）的心理活動所用時間不過半小時左右，但記錄下來卻是密密麻麻兩萬五千字，而且幾乎完全沒有標點符號，遂連好奇心切的讀者都望而生畏。我們要探討這章的翻譯問題，不妨就從這裏開始。

第十八章分為八「句」（sentence）， ❷ 事實上是八段（或節）。除了結尾有一句號標明終卷以外，只有第四「句」末了加了個句號。這樣，一千六百多行的內心獨白閱讀時尚可「隨波逐流」，不求甚解，譯者卻至少要在心目中首先讀通，然後字斟句酌細究原文旨意，遭遇的困難可想而知。只要為原文加上標點符號，兩相比照，難易的差別立見。 ❸

　　hes 和 wouldnt 我們一目了然，但 were 和 well 就可能要靠上下文決定是否也可能是 we're 或 we'll。這只不過是單字的標點，斷句要更爲複雜。"so we are flowers all a womans body"（1576-77——指行數，下同）❹ 可有兩種斷句方式。一是在 all 後面，一是在前面。但讀者可以這樣理解，評者可以這樣分析，譯者卻必須愼重地擇取其一，魚與熊掌不可得兼。❺ "then I'll throw up his eggs and tea in the moustachecup she gave him to make his mouth bigger I suppose hed like my nice cream too"（1504-06）——此處 I suppose 前後也都可斷句而意思不同：二詞如果屬於前文，則表示女兒送給爸爸護髭杯是要他嘴巴變大；屬於後文，則表示丈夫可能思念擠她的奶水沖茶喝。或許可按原文順序譯爲「我想」，但近似歐化語法，中文讀者未必能夠領略原文的微妙之處。

　　這裏不妨提一下：小說家納布科夫似乎不反對爲本章加上標點符號，嘗說即使加上也不至於減低其詼諧性和音樂感。❻ 這話很有問題；斷句首先會破壞內心獨白的持續流動，更會扭曲或限制上下文，使某些詞語的雙重作用消失於無形。看來他很可能沒有完全體會喬伊斯的用心所在。

　　　　　　　　·

　　莫莉的內心獨白用的是這一技巧典型的無羈絆無理路的方式，與精雕細琢的文章迥異其趣。她的思路變幻莫測，經常一個念頭沒有想完就緊急煞車，立即轉而衝往另一方向：

　　　　Id have to get a nice pair of red slippers like those Turks with the fez used to sell or yellow and a nice semitransparent morning gown that I badly want or a peachblossom dressing jacket like the one long ago in Walpoles only 8/6 or 18/6.（1494-97）

　　這句乍讀會納悶，仔細參詳就很明晰：莫莉想到需要買一雙紅拖鞋，由此忽然憶起當年在直布羅陀時土耳其人賣這種鞋，然後回到原先的思路； or yellow 承接 red slippers，即「或者黃色的」（拖鞋）。 long ago 之前略去一個動詞，也是內心獨白習見的現象。這兩處只能「直」譯，不宜改「正」。爲了強調她希望擁用的粉紅晨衣多麼便宜，莫莉起初想成八先令六便士（only 8/6），隨即發覺過於一廂情願，改爲十八先令六便士（18/6）。「8/6」和「18/6」應恪遵內心獨白風格照搬，還是如法文本那樣交代清楚？❼ 嚴格說來，似仍以前者爲勝。 or 譯「或者」不如譯「不」。

　　上面種種細節莫莉心裏很明白，讀起來卻往往上氣不接下氣。再看下面一節：

　　　　its a bother having to answer he always tells me the wrong
　　　　things and no stops to say like making a speech your sad
　　　　bereavement symphathy I always make that mistake and
　　　　newphew with 2 double yous in 。（728-30）

　　莫莉最怕寫回信，布魯姆（Bloom）偏又愛口授些讓她覺得彆扭的套話。 wrong things 還未成句，轉念想起他老忘記提醒她斷句。 and no stops 按正常標點前後應加破折號。莫莉自承總把 sympathy 和 nephew 拼錯， symphathy 可以「同情」處理，或先印好「青」字，再在左邊刺眼地硬加上「豎心」旁，這需要印刷廠合作。（當年喬伊斯在手稿上特別叮囑原樣照排，手民還是把兩個多餘字母刪去。）newphew 比較麻煩，從前後文看不出是侄子或是外甥，把「甥」字兩個組成部分左右倒置當然比較取巧，很多人會這樣寫錯；這樣，with 2 double yous in 可迎刃而解，譯爲「把兩個偏旁左右放倒了」。 newphew 但這樣無形中將莫莉化身爲中國人，另一方式是乾脆保持原詞，加注說明。下文她無法順利拼出 precipitancy，結結巴巴成了 precipat precip itancy，（943-44）中文同樣可用拆字法處理。

莫莉教育程度之低顯而易見。第四章她一出場就接二連三暴露這個缺點： it must have fell down（326）， There's a smell of burn」（380）。在最後這章讀者更容易注意到她語文修養不高明。簡簡單單的 flirting 在她腦海中氾濫成 flirtyfying（129）； emissions 成了 omissions（1538）， Aristotle 成了 Aristocrat（1240）；西方語文常有類似的字眼可以取代，漢譯時無論保持原詞加注說明或另起爐灶，都難免事倍功半。

早上莫莉起床後曾問丈夫 metempsychosis 的意思（第四章，339-43），布魯姆費了許多口舌她還是一頭霧水，到了下半夜她仍然耿耿於懷（此詞以不同形式在全書出現七次），記成 that word met something with hoses in it（第十八章， 565），法文作 ce mot mes quoi temps si choses dedans（頁 821），依樣畫葫蘆，頗得體；但 1995 年新版還是加了注（見頁 1932n13）。中文直譯和意譯都必須加注。這種地方我們格外吃虧。

不管對什麼人和事，莫莉常愛往歪處想，尤其與性可以扯上關係的時候。清晨她告訴丈夫爲她續租黃色小說： "Get another of Paul de Kock's. Nice name he has."（第四章， 358）深夜從 Pisser（Burke）這個外號她又聯想起 some other Mr de Kock（969 ； Kock 與男子性器官 cock 同音）。關於 Bloom 這個姓： "well its better than Breen or Briggs does brig or those awful names with bottom in them

Mrs Ramsbottom or some other kind of a bottom"（843-45）（bottom
是屁股。 bottom 前面加 a 不合文法）。類似這種「機帶雙敲」的
詞語很多，也會使翻譯者出力而不討好。

　　莫莉時常想到女人身上的部位。太惡俗的名稱她偶或避諱。
例如 cunt（女子性器官）： "that word I couldnt find anywhere only
for children seeing it too young"（326-27），她拐彎抹角用了小孩子
的委婉字眼： "and did you wash possible" ❽（205）「a--e」
（arse ：屁股）這種拼法卻使她啞然失笑： "as if any fool wouldnt
know what that meant"（490-91），事實上 arse 還是化了裝游過她的
腦海。她記起一件毒殺親夫案件： "white Arsenic she put in his tea
off flypaper wasnt it I wonder why they call it that" ❾（240-41）possi-
ble 中文不難找到同義詞， Arsenic 字中有字，作者是涉筆成趣，
譯者卻要煞費苦心。莫莉提醒自己要檢查丈夫口袋裏是否還放著
那 French letter（1235），這詞逕直譯為陰莖套、避孕套或保險套
固然無可厚非，但不免失去原詞的俚語特色。法文譯為 capote
anglaise（頁 522）因為正巧有這麼個相應字眼，無形中對英國人
還以眼色，卻有「技術犯規」之嫌，想是當年作者本人「全部復
審」（entièrement revue）時沒有覺察到。❿

　　莫莉對文法和修詞得過且過的態度翻譯時卻必須尊重。 "that
was his studenting"（575）法譯 "c'était sa facon d'etudier"（頁 494）
文從字順，無奈失去原句的旨趣；喬伊斯正是立意要莫莉文不從
字不順。且看下一片段：

　　　　the last time I was there a squad of them falling over one anoth-
　　　　er and bawling you couldnt hear your ears supposed to be
　　　　healthy not satisfied till they have us swollen out like

elephants。（163-66）

按照文法，自然可以說在 a squad 、 supposed 和 not satisfied 前面分別略去了 there were 、 it is 和 they are ，⓫而法文本果然都給加了進去（見頁 476），遂損害了內心獨白的特色。

《尤利西斯》處處在玩文字遊戲。最著名的是斯蒂芬（Stephen）回憶他在巴黎時接到父親電報說「Nother」病危，叫他趕緊還鄉（13.199）。初版時編排者當作筆誤改成「Mother」，不知作者倒是要把錯歸罪於電報局。第十八章加在莫莉身上的類似錯誤更多。 neumonia（727——應爲 pneumonia）， carrot（870——carat）， an alnight sitting（1196—— an allnight sitting），⓬ 這些在談話時聽不出任何異樣，寫出來可就顯示莫莉拼字欠精確。漢譯無法用字母變通，「肺炎」和「坐一整夜」可找近音詞語加以訛寫，「胡蘿蔔」與「開」則音義都相差太遠，看來加註是不可避免的。

第十八章另外有一個問題特別棘手。原文某些詞語通常大寫而降成小寫，或通常小寫而升爲大寫，理解上就往往導致困惑。the german Emperor ，（95）like a Stallio ，（152）the prince of Wales ，（482）all for his Kidney ，（568）paris ，（613）I tried with the Banana ，（803）I was a Flower of the moutain ，（1602）一目了然；Harcourt street 、（550）Harolds cross road（295）和 Theatre royal（1038）也不難看懂；甚至 the south circular（25）是 The South Circular Road ， the black water（780）指 River Blackwater ， That family physician（181）爲書名，都可憑參考資料查到出典，⓭ 迻譯時如何處理則須獨運匠心。法譯本把所有原書未大寫的字母一律改爲大寫，有違於內心獨白放浪不羈的風

格。Stallion、Kidney、Banana 和 Flower 等大寫顯然有強調意味，中文可用黑體字表示。人名地名目前台灣和大陸都不加邊線標明，這樣在沒有斷句的情況下可能比原文——它至少大都有大寫作爲提示——還要難以認讀，甚且會使專有名詞被誤爲一般詞語而與上下文混淆。❹

2

第十八章有四個所謂「方位基點」（cardinal points）的關鍵詞，但說法不一。喬伊斯給勃金（Frank Budgen）的信中寫作 because、bottom、woman 和 yes；吉伯特（Stuart Gilbert）則記爲 woman、bottom、he 和 man；此外尚有兩種別的說法。❺第一種說法有信爲證，最靠得住。這四個詞當中 woman（出現過七十二次）照字面直譯就行了。because 出現不下四十四次，意思卻常常並非指「因爲」；本章一開頭就出現了這個詞："Yes because he never did a thing like that before"，頭三個詞都顯示這不是眞正的開頭，該有——卻沒有——上文先作交代。因此 because 不能拘泥於字面，而應理解爲「我想」，「當然」或「不錯」等。❻ 喬伊斯說 bottom 不僅指女人的臀部，也泛指各種各樣的「底」，❼ 好在翻譯時有前後文幫忙，不難確定。

出現最多的是 yes，總有九十次左右，開頭和結尾都是 yes，結尾那個還突出地使用大寫。可是除了肯定意味以外大都看不出它與上下文的具體關係（最後兩個是答應布魯姆的求婚。）另一方面，喬伊斯對這個詞念念不忘，稱之爲 the female word，或 the most positire word in the English language，又自相矛盾地稱之爲 le mot le moins fort，❽ 不外是強調它的重要性。（這個詞在喬伊斯 1914 年所作筆記 *Giacomo Joyce* 開頭處就頗惹眼地出現過：
"Yes: a brief syllahle. A brief laugh. A brief beat of the eyelids." ）

　　1984 年在法蘭克福舉行第九屆國際喬伊斯研討會時，德希達
（Jacques Derrida）由他的解構主義觀點就這個詞發表了長篇的主
題演講，**⓳** 其中強調它是《尤利西斯》翻譯上的一個重大問題，
提供了不少對翻譯者很有助益的細節。在英語裏，yes 和 no 是隨
時隨地可見可聞的詞。文法有所謂 yes/no question，這種問句回
答時冠之以 yes 或 no，或只答 yes 或 no 就夠了。義大利文甚至
被稱爲 the si language。至於法文，德希達發現經喬伊斯認可的譯
本中 oui 比原著裏 yes 還要多。原文 ay、well、he nodded、I
am、I will，乃至 it is 和 you are 到了法文本都變成 oui。**⓴** 他指
出：

> *Yes* can be implied without the word being said or written. This
> explains the multiplication of *yes*es everywhere in the French
> version when it is assumed that the notion of *yes* is marked in
> the English phrases from which the word *yes* is in fact absent.
> But at the limit, given that *yes* is co-extensive with every state-
> ment, there is a great temptation, in French but first of all in
> Englsih, to double up everything with a kind of continuous *yes*,
> even to double up the *yes*es that are articulated by simple works
> of rhythm, intakes of breath in the form of pauses or murmured
> interjections, as sometimes happens in *Ulysses*.（頁 61）

德希達另外注意到：

In its own way, Irish also avoids 「yes」 and 「no」 in their direct form. To the question 「Are you ill?」 an Irish person would reply neither 「yes」 nor 「no」, using instead the form 「I am」 or 「I am not」. 「Was he sick?」 would elicit 「He was」 or 「He was not」, and so on.（頁 72n6）

喬伊斯母語這一異於英文之處不免讓我們想到中文沒有與 yes/no 完全吻合的對應詞。（no 在《尤利西斯》出現約六百四十次，比 yes——約三百五十四次——還多；但在本章只有二十四次。）❹ 中文「你病了嗎？」回答通常是「病了」或「沒有（病）」，而不像英語幾乎總要用 yes 或 no ；「他是不舒服嗎？」回答「是（不舒服）」，「是」字表達強調語氣，與英語 Is he not well?的回答 No. He is not 更大相逕庭。

儘管如此，鑒於喬伊斯對 yes 的重視和它在本章的獨特性，不能不找一個字眼來照顧它與九十來處前後文若即若離的異常關係和作者所提示的三重涵義。我建議用「是的」。它不像單單一個「是」字那樣狹隘機械，也可不受前後文的羈束。

·

另一頻頻出現的詞是 and ，在最後二十六行達四十七次之多（半頁內三十九次）。此詞漢譯時更難「消化」，因爲除了「和」、「與」、「及」、「跟」、「同」、「又」和「兼」等並列、連接和反覆的意思之外，它還有許多別的文法作用，包括開頭、轉折和對照。在毫無標點符號的內心獨白中 and 對讀者毋寧說有好處，翻譯時倒未必佔便宜。以結尾幾行爲例，莫莉追憶當年在都柏林海邊杜鵑花叢裏布魯姆向她求婚,她沒有立即答應,而是思潮澎湃,在直布羅陀度過的少女時代湧上心頭,用 and 列舉了當地的種種景色,接下去:

and Gibraltar as a girl where I was a Flower of the mountain yes when I put the rose in my hair like the Andalusian girls used or shall I wear a red yes and how he kissed me under the Moorish wall and I thought well as well him as another and then I asked him with my eyes to ask again yes and then he asked me would I yes to say yes my mountain flower and first I put my arms around him yes and drew him down to me so he could feel my breasts all perfume yes and his heart was going like mad and yes I said yes I will Yes.

九行中的九個 and 都發生承上啟下的作用(其中有兩個與 then 連用),而與上下文的關係不盡相同,中文只怕竟不能找到妥切的譯法,事實上可以省略不譯。 1985 年我曾試翻過這個片段,❷ 現略加修改如下:

在直布羅陀作姑娘的時候我是一朵山花是的那時我把玫瑰插在頭髮上像從前安大路西亞姑娘那樣也許我該戴一朵紅的是的在穆爾牆下他多麼熱烈地親我我想是的他也沒有什麼不可以接著我使眼色叫他再問一次是的接著他問我願不願意是的說是的我的山花我先兩手抱他是的把他拉到我身上讓他覺得我的奶軟玉溫香是的他的心怦怦亂跳如醉如狂是的我就

說是的我願意是的。

　　原文的 and 一方面渲染莫莉對大自然和萬物眾生的收納擁抱的態度，一方面加速她內心獨白的急轉直下的勢頭，譯文中不容易看出來，確是無可奈何的事。

　　　　　　　●

　　O（O Lord、O no 和 O yes 除外）出現三十次左右。O 這個「象形文字」在本章形象化地代表女人和地球。西方若干語文可用其固有的 O 照搬不誤。這種地方漢譯時加注指點會不會顯得囉嗦？無論如何難以兩全其美。

　　莫莉對於丈夫睡前竟然倒行逆施叫她為他準備早餐（有的論者認為可能是她聽錯或誤會）始終憤憤不平："Im to be slooching around down in the kitchen to get his lordship his breakfast while hes rolled up like a mummy"。（1431-32）like a mummy 既可形容布魯姆躺臥之狀像煞古埃及的木乃伊，也可指莫莉如媽咪一般清晨餵「孩子」吃飯。mummy 連法文都缺少恰到好處的雙關語，結果譯成 momie，僅得一關。

　　O God、O Lord 等連續重複出現，但第六「句」末尾莫莉發覺月經來了，抱怨作女人太委屈，呼天搶地，繼 O Jesus 和 O patience above 之後忽然改成 O Jamesy let me up out of this。（1128）這是在向誰申訴呢？吉福德（Don Gifford）不敢肯定："Dodging the curse O Jesus? or calling on her maker?" 既然前幾行並未避諱，這裏 Jamesy 似應指她的創造者本人 James Joyce。（*Giacomo Joyce* 頁 6 有一句是 Easy now, Jamesy!按：小說由筆記中取材不少，見 *Giacomo* 所附 Ellmann 註。）丈夫壓到身邊，再度惹她生

氣："O move over your big carcass for the love of Mike"。（1426）
據艾爾曼（Richard Ellmann）記載（頁 519），喬伊斯自承 for the
love of Mike 非愛爾蘭用語，而是他聽友人用過後錄進小說去的。
但帕特里奇（Eric Partridge）說這是十九世紀中葉開始英國和愛爾
蘭已有的俚語，相當於 for goodness' sake 。㉓法文本譯 O Jamesy
為 O Jesus（頁 517），譯 for the love of Mike 為 pour l'amour de Dieu
（頁 530），都不能算錯，卻都削減了原文措詞多彩多姿的優點。
（按： 1995 年法文本新版頁 1842 加註指出 Jamesy 可能指作者本
人。）

　　有些——尤其喬伊斯自鑄的——詞語確是連專家們都像是在
猜謎。第八章布魯姆在街上邂逅老情人約瑟芬·布林（Josephine
Breen），看到她丈夫收到的一張匿名信卡上寫著「U.p.:up」，
（257-58）此後這帶侮辱性的神秘字眼不斷出現，到最末這章莫莉
想到往日這位情敵時也聯想到。（見 229）但究竟是什麼意思
呢？吉福德（頁 163）引了狄更斯的 *Oliver Twist* ，其中一個藥店
學徒用這種字眼報告一個老嫗即將斷氣；引了法文本： fou tu ；
又引了艾爾曼的解釋： when erect you urinate rather than ejaculate ；
又說可能指威士忌評級時指品質不合格。簡簡單單兩個字母，而
隱曲晦澀一至於此。據我猜想，法文譯者當年遇到這絆腳石該去
請教過作者或其知交吉伯特，因此應當最可信賴。（參看本書
〈廋辭——《尤利西斯》之謎〉一文。）

　　　　　　•

　　某些新奇字眼顯而易見是莫莉承她的創造者喬伊斯之命故意
扭曲的結果，讓我們看出她有她的幽默感，有她尖峭的一面。她
挖苦本·多拉德（Ben Dollard）為 base barreltone （1285）；作為

半職業性歌手，她當然不至於會拼錯 base baritone 。要了解和翻譯這個惡謔，第八章布魯姆的一段內心獨白是把很好的鑰匙：

> She used to say Ben Dollard had a base barreltone voice. He has legs like barrels and you'd think he was singing into a barrel. Now, isn't that wit. They used to call him big Ben. Not half as witty as calling him basebarreltone. Appetite like an albatross. Get outside of a baron of beef. Powerful man he was at stowing away number one Bass. Barrel of Bass. See? It all works out. （117-22）❷❹

　　第八「句」開頭莫莉對博伊蘭下午幽會時的狎昵舉動極為憤懣："no thats no way for him has he no manners nor no refinement nor no nothing in his nature"（1368-69），一行空間連用五次 no ，還用了三重否定，可謂氣急敗壞。法文譯作 "non décidément il y va trop fort il n'est pas bien élevé ni pas raffiné non plus il n'a vien de rien pour lui"（頁 528），除了 il y va trop fort 形同解釋——而非翻譯—— thats no way for him 以外，把幾個 no 很成功地傳達出來了。中文沒有英語常見的這種否定語法，但不妨以別的方式加強口氣。Sinner Fein（383 ； 1227）是莫莉在嘲笑 Sinn Fein ，愛爾蘭語意指「我們自己」（即團結一致），中文一般音譯作「新芬黨」；此處或許可訛成「凶犯黨人」。

　　莫莉偶爾也有「神來之筆」。她想到每天早晨丈夫伺候她吃早飯："I love to hear him falling up the stairs of a morning with the cups rattling on the tray"，（933-34）falling up the stairs 摹狀兩手托盤上

樓梯時跌跌撞撞的狼狽樣，非常生動。法譯 manquer la marche（頁 509）失去原文的妙趣。有一次布魯姆冒充懂得划槳，結果使船 crookeding about（957），肯納（Hugh Kenner）讚為荷馬都會歆羨的動詞。 ㉕但這兩處都讓翻譯者面臨考驗，尤其後者。

3

　　前面談了《尤利西斯》最後一章在翻譯上的諸多困難。但另一方面，它也有若干地方翻譯者反而不比讀者和論者費神，甚至會較容易過關。例如至少有三十來個詞語吉福德查不到典出何處， ㉖翻譯時有可能照葫蘆畫瓢，不去計較出典。

　　喬伊斯愛好音樂，歌喉不同凡響。《尤利西斯》每每利用音樂發展情節渲染氣氛，莫莉與博伊蘭成奸的描寫便常常加插音樂。在午夜夢迴浮想聯翩的時候，這位女高音記起近三十首曲名和歌詞，愛爾蘭人可能不覺生疏，外地讀者卻難以領略。隨便舉兩個例。莫莉由巴特爾、達西（Bartell D'Arcy）在教堂內壇階梯上偷吻她而聯想到歌曲 Goodbye，但把末句 kiss me straight on the brows, and part 誤為 kiss me straight on the brow and part，並進而往邪處想成 my brown part。（275-76）第五「句」開端她回憶往時在直布羅陀與初戀情郎莫爾維（Mulvey）中尉首次幽會，轉而想起歌曲 Shall I Wear a White Rose or Shall I Wear a Red」和「My Sweetheart When a Boy。這都不是她在不著邊際地胡思亂想，而是與剎那間湧來的心潮相銜接。 ㉗我們了解和評析時需要依賴參考資料，翻譯時則可緊跟原文如法炮製。

　　莫莉內心獨白的另一惹眼處是洋洋灑灑的代名詞。在她心目中 they、them 和 their 泛指男人，we、us 和 our 相對地泛指女人；性交、手淫和月經被諱成 it 。出現最多的是第三人稱單數男性代詞： he, him, his 。由於莫莉腦裏湧出的若干細節在前十七章集字未及，她的意識流又每分每秒都在轉移方向，這些代名詞遂偶或撲朔迷離，難以「驗明正身」。廷達爾（Tindall）認為 he 的身分通常含糊不定。 ❷ 其實莫莉心目中該是知道指誰的，只是讀者確實常會感到茫茫然，有時連專家都不能斷言，甚至會看走眼。 ❷ 而翻譯者可以亦步亦趨，並不構成問題。在中文裏人稱代詞往往可以省略， ❸ 譯本章時則需要逐一交代出來。

●

　　森恩（頁 282）比較了《尤利西斯》的許多種歐洲語文譯本，發現德文本缺陷最多，但提到喬伊斯曾表示其中有些片段比原著還要精采。法譯文最有名，被認為自成一部藝術作品。兩種譯本後來都發生過重大影響。儘管如此，以法文本為例，我們讀時會覺得比原著容易懂，原因是它常常不逐字逐句緊追原文，而彷彿在解說詮釋。第十八章莫莉內心獨白用的是愛爾蘭當時當地的俚語和掌故，又習慣性地「欲想還休」，每字每句都有懸空的危險，而且別出心裁鑄了些新奇字眼；這些特色到了法文本卻往往不見了，於是讀起來順暢流利，平易近人。其實這樣做不足為訓。我甚至認為某些語句寧可因直譯而略嫌生硬，也不要過於意譯。幾十年來專家們鍥而不舍地索隱發微，成就可觀。我們如能好好利用，以法文等現有譯本作為準繩，取長補短，該可譯出更忠實更完美的中文本。純從翻譯角度來看，第十八章可能是全書最不討好的一章（第十四章只是開頭一二頁不易處理）；雖然乍看很淺顯，實則很多文字障礙。我們只能盡力而為，繼往開來，逐漸改善，希望每有新的譯本都能更加接近原著。（肯納認為對翻譯者而言，「無法克服的障礙」以第十六章最多， ❸ 這話未必適用於中文。）

註釋

❶ 見 Ellmann, *James Joyce*, 521, 561.

❷ 見 *Letters I*, 170

❸ 有兩個喬伊斯專家各標點過一節。見 Burgess, *Joysprick*, 59, 和 Derek Attridge, "Molly's Flow: The Writing of 'Penelope' and the Question of Women's Language, Mondern Fiction Studies, XXXV: 3, 545 。二人舉了許多詞句細節加以分析，很有參考價值。

❹ 為了方便，本文用 1986 年紐約 Random House 新版，雖然我懷疑編者 Hans Gabler 等人每章所標明行數的可靠程度。

❺ 法文本採用第二種斷句法。 *Ulysse*, traduction d'Auguste Morel, revue par Valery Labaud, Stuart Gilbert et I'Auteur（Paris: Gallimard; 1995），857 。這種句法在本章頗多見，參看 Sheldon Brivic, 「The Other of *Ulysses*」,in Newman and Thornton, 207-08 。

❻ 見 Nabokov, 363 。

❼ 8 shillings 6 ou 18 shillings 6, P. 533 。本章數字大都使用阿拉伯式： 20 times over ， （231 行） it was 1/4 after 3 （344 行） at 7 $\frac{1}{2}$ a 16, （1555） 一般不構成翻譯問題。

❽ 見 James Van Dyck Card, "The Ups and Downs, Ins and Outs of Molly Bloom: Patterns of Words in 'Penelope'" ,*JJQ,* XIX: 2 （Winter, 1982），130 。

❾ 見 Fritz Senn, "*Ulysses* in Translation", in Staley and Benstock,264-65 。

❿ 他是法譯本正式列名的三個審校者之一。就第十八章而言，我們知道他看到莫莉用舌頭餵布魯姆吃的那 seedcake （1574） 被譯作

madeleine 後堅持改成 gateau au cumin ，（頁 856）可能是覺得太近似普魯斯特（Proust）。見 Ellmann, 508n 。第八章布魯姆記起這段往事時，法文將 seedcake（198）僅譯為 gateau 。（198）

⓫ 參看 Houston, 83.

⓬ 1984 年對觀（synoptic）版 Ulysses 有時改得走火入魔，不可盡信。見 Sandulescu and Hart, 79 。翻譯時不但該用作過許多修訂的 1986 年普及版（並參照關於它的批評意見），也應參考 Random House 1961 年版。

⓭ 最普通的當然是 Gifford with Seidman, *Ulysses Annotated: Notes forJames Joyce's Ulysses* 。

⓮ 從前中國古文就有這種現象。見管敏義，《怎樣標點古書》（北京：書目文獻出版社， 1985）， 123-29 。

⓯ 參看 Peake, 300n 。

⓰ 見 Houston, 83 。 Peake（頁 300）對喬伊斯關於 because 代表女人乳房的說法提出質疑，認為二者間看不出有何相干。

⓱ 見 *Letters*, 170 。

⓲ 分別見 *Letters*, 170; Ellmann, *James Joyce*, 522, 712 。

⓳ Ulysses Gramophone: Hear say yes in Joyce, in Benstock, *James Joyce: The Angmented Ninth*, 27-75 。

⓴ 頁 35, 45, 55, 56, 69, 72n6 。德希達加注舉了許多法文本片段作為例證。見頁 74n16 。

㉑ 見 Card, 139n9 。

㉒ 《尤力息斯評介》（台北：洪範書店， 1988）， 51 。修訂譯文見《尤力息斯》選譯（洪範， 1997）， 57 。

㉓ *A Dictionary of Slang and Unconventional English*（New York:Macmillan, 1967）, 497 。

㉔ 參看金隄譯《尤利西斯》（台北：九歌出版社， 1993），上，

356 。

㉕ Kenner, *Ulysses*, 148 。

㉖ 見頁 610, 614, 616, 617, 619, 620, 623, 624, 626, 627, 628, 629,633, 634 。

㉗ 就 Shall I wear...而言，莫莉想到過三次。第一次只是 Shall I wear a white rose ；（768）第八「句」她希望布魯姆次日能再帶斯蒂芬回家，盤算如何招待和打扮，遂聯繫到歌詞的前半： whatll I wear shall I wear a white rose ；（1553）第三次如前文已引過的，在直布羅陀她把玫瑰插在頭上；繼而考慮 or shall I wear a red 。

㉘ Tindall, *A Reader's Guide to James Joyce*, 235 。

㉙ Stephany Lyman 就認錯兩個。見 "Revision and Intention in Joyce's 'Penelope'", JJQ, XX: 2, 194 。

㉚ 王力：「人稱代詞的多餘──所謂多餘，是就中國習慣上看來是多餘；若就西洋語法看來，卻正是應該有的。」《中國現代語法》（香港：中華書局，1959），下，374 。

㉛ 見 Kenner, *Joyce's Voices*, 37 。

按：此文原為 1994 年 7 月在外國文學中譯國際研討會（台北）所提出的論文，此次結集時曾加修訂增補。

卷 三

「話說」小說開頭

　　1961 年美國蘭登書屋（Random House）版《尤利西斯》我是 1964 年 12 月 4 日在美國坎薩斯大學附設的書店買的，但直到 1984 年才花了四個多月從頭到尾把它看完，相隔有二十年之久。那二十年當中我曾多次打開，每次總是在若干頁之後廢書不觀。漸漸地我對其開頭兩個詞 Stately, plump 便記得滾瓜爛熟。正好蘭登版這兩個詞印在正文的首頁，大寫的第一個字母 S 佔了全頁，右下角才頗不惹眼、若不經意地「綴」上小小的（雖然也是大寫）TATELY, PLUMP 。後來我熟極而流，重看時乾脆從第二頁左上角的 Buck Mulligan 讀起。前些年台灣某出版社出的《喬埃斯》選讀專書中把 Stately, Plump 漏譯，開門見山就是「巴克・馬利根」，❶ 我看了不禁作會心的一笑，知道用的無疑是相同的版本。（1986 年蘭登出了加布勒 Hans Gabler 的所謂「修正版」，但並未取代 1961 年版而成為標準本。新版沒有特別把 S 放大突出。）

　　我猜想許多讀者的經驗與我相似，都是對這本艱澀難懂的小說開頭幾個字最面善。但是讀《尤利西斯》時經常發生一個現象，就是乍看很熟悉的詞句再看時卻會「面目全非」，極其陌生；在喬伊斯筆下，任何普通字都可能變得複雜，晦澀。《尤利西斯》許多片段和章節重讀時反而往往如臨大敵，其原因就是我們已經知道作者太「狡猾」，到處暗設路障和卡子，執意不讓我們輕易過關。

　　首先，有的論者指出本書三部中每部第一個字母（1961年版中都佔一整頁）各有其特別旨意。以 S 而言，它既是兩個男主角之一 Stephen Dedalus 名字的第一個字母（因而表示第一部以他為主），也可以代表三段論中 subject（主項）❷ 一詞的第一個字母。

　　其次，小說第一句 "Stately, plump Buck Mulligan came from the staircase,..." 平易從順，一目了然。（九歌版金隄譯為「儀表堂堂、結實豐滿的壯鹿馬利根從樓梯口走了上來」；時報版蕭乾、文潔若譯為「神氣十足、體態壯實的勃克・穆利根從樓梯口出現」。）但是喬學家們發現這個開端絕不簡單。一起頭便突如其來，用兩個儀態形容詞（adjective of manner）描寫人物，是一般小說不會採取的手法。這兩個詞並擺連用也很蹊蹺，因為二者的含義相互間不協調。"Stately" 很抽象，指莊嚴，堂皇，或華貴；"Plump" 卻具體地指身體豐滿，壯實。前者看來莊重尊貴，高高在上，後者則予人以粗陋之感。曾有人指出這兩個詞「彼此以挑剔的眼神對看著」。❸ 如果我們仔細品味，確會覺得二者放在一起很惹眼，彷彿在對峙似的。這可能正是喬伊斯故意作的安排，使讀者意識到這個人物望之儼然，即之也「卑」。他是個胖子，為人鄙俗輕佻，愛說俏皮話，佔別人便宜。用 "Stately" 來形容他，滑稽中隱寓嘲謔；他像在演戲，在裝腔作勢。大清早八點鐘，他獨自在海邊碉樓頂上，四外無人，那麼是以誰的身分在他名字前面冠上這兩個言簡意賅的詞呢？表面上自然是第三人稱敘述者（third-person narrator），可是故事剛剛起步，讀者只能通過莫里根對自己的認識去認識他，因此也很像是敘述者在亦莊亦諧地模仿他，或者在戲擬他夫子自道的口吻。（這種手法喬伊斯屢屢用過。參看本書〈漢譯所涉及的若干問題〉一文第二節關於 "literally" 的一段。）

森恩（Fritz Senn）就這兩個詞寫的專文引經據典，從荷馬的早期英譯本和英國文學作品到喬伊斯的生平和著作（尤其《藝術家青年時代寫照》 *A Portrait of the Artist as a Young Man*），追溯了二者種種既有的用法，推定與喬伊斯關係密切。森恩認為 Stately 同 Plump 一樣，意味著穩定、停滯或惰性，言外之意是莫里根既輕浮易變，又固定不動。❹

從發音的角度來看，Plump Buck Mulligan 三詞連讀是英文所謂的 assonance（半諧音，即只押元音的韻）。有人說這是在暗示一種距離乃至反諷（irony）。❺ 英國小說家兼喬學家伯吉斯（Anthony Burgess）指出這近似舉行某種儀式時唱的單旋律聖歌（plainchant）開頭的重疊音韻。❻ 肯納（Hugh Kenner）則指出莫里根崇拜古希臘文化，自稱連他的姓氏都是揚抑抑格（dactyl；古希臘史詩中常用，英詩中卻很少見）。肯納繼而為本書頭九個詞──前面引的八個加上 bearing ──加了符號，發現是在摹擬荷馬式六韻步詩（Homeric hexameter）。❼

現在我們集中談談 Stately。《尤利西斯》的第一代評論者如吉伯特（Stuart Gilbert），廷達爾（W.Y. Tindall），勃金（Frank Budgen），威爾遜（Edmund Wilson），萊文（Harry Levin）和納包科夫（Vladimir Nabokov）等都未特別注意這個詞，但顯而易見他們視之為形容詞。❽ 著名喬學家如肯納和森恩都明確地當作形容詞看待。肯納把 Stately 後面的逗點略去，成了 Stately Plump Buck Mulligan。❾ 我查了幾種外文譯本，包括兩種漢譯本，都把 Stately 和 Plump 作為形容詞處理；從翻譯立場也只能如此。（第一章結尾處有一行作 His plump body plunged。）但是正如伯吉斯和肯納所說的，喬伊斯在這個特殊部位用這兩個詞，有可能是作為副詞。❿（我們不妨進一步推論下去：詞典和文法卻限制不了喬伊斯。）鑒於喬伊斯在 Stately 後面加了一個逗點，就使這個詞在文法上的地位越發模糊，增加了它作為副詞的可能性。

1989 年新版《牛津英語詞典》（*Oxford English Dictionary*）Stately 條下說此詞可以用作副詞，但目前已經「罕見」（rare）；隨即下了五種定義，四種的結尾都註明是「廢詞」（obsolete），惟有與我們所探討的相關的定義（with stately or dignified bearing, movement, or expression）未加此注；其下所舉的五個例句中最近者為 1858 年，離《尤利西斯》脫稿（1921 年）相隔約六十年，並不很久；離《牛津》的編纂則已一百多年。該詞典收了《尤利西斯》中的一些詞，而未收這開宗明義的 Stately，不知主其事者是否已覺察到它在文法上的曖昧性。

Stately 後來在《尤利西斯》還出現過三次。❶第七章開頭不久三行內連用二次。第十章開頭不久康米神甫在路上邂逅一位 "Mrs. M'Guinness, Stately, Silverhaired"（金譯「白髮蒼蒼、雍容華貴的麥吉尼斯太太」；蕭、文譯「滿頭銀髮、儀表堂堂的麥吉尼斯太太」），這裏 Stately 當然是形容詞無疑。第七章第四節有一段連用二次，首次是形容詞：a stately figure（金譯「一個身材魁偉的人」；蕭、文譯「一個儀表堂堂的人」），第二次卻是副詞："It passed stately up the staircase..."（金譯「那人儀表不凡地走上樓梯」；蕭、文譯「莊重地踏上樓梯」）。前後兩次描寫的都是報社的主編布雷敦（Brayden）；Stately 這樣一詞二用，似乎在調侃他。更有趣的是此人和開頭時莫里根一樣，也在上樓梯；還提到他的 "solemn beardframed face"（金譯「一副鬍子鑲邊的莊嚴容貌」；蕭、文譯「長滿絡腮鬍子的臉上是一派嚴肅神色」），令人想起開頭時莫里根 "solemnly...came forward"（金譯「他莊嚴地跨步向前」；蕭、文譯「他莊嚴地向前走去」）。

　　對於喬伊斯這個酷愛玩弄文字於筆下的語言大師，許多專家已屢屢警告讀者和論者要隨時隨地戒備，一不小心就會也被他「玩弄」。以 Stately 為例，森恩甚至猜想在這卷首一詞中已經「千里伏線」，埋下全書最後一詞的端倪，因為把 Stately 倒轉過來，就含有 Y-E-S 三個字母；再進一步，連書名亦復如此，即 UlYssES。❷ 在他之前肯納已經指出 Stately 暗含小說最後一詞 Yes，不過認為喬伊斯自己可能沒有注意，因為二詞並非同時脫稿；Stately 於 1918 年已見於印本，而 "Yes" 直到 1921 年才決定。❸ 這個說法比較可取。（肯納是喬學名家，其著作對《尤利西斯》分析透闢，極具啟發性。）

　　在第十八章撰寫期間喬伊斯致友人信中指出它「沒有開頭，中間或結尾」，❹ 此時他對一本小說是否該如傳統那樣「起承轉合」顯然很懷疑了。到 *Finnegans Wake* 果然整整一部大書開始是 riverrun，結束是 the，無首無尾，首尾不分。這樣看來，另一方面《尤利西斯》的開頭也與傳統小說大相徑庭。不僅首末兩章，中間還有幾章（如第十一、十二和十七）開頭也是異軍突起，出人意表。讀者乍看可能不習慣乃至不喜歡——這點喬伊斯自己很清楚，寫第十一章期間曾直承「我寫時同讀者看時一樣辛苦。」❺但正因為他無意人云亦云而立意戛戛獨造，我們才有這部值得一讀再讀的回味無窮的劃時代傑作。

註釋

❶ 林怡俐譯（台北：光復書局，1988），199。

❷ 例如見 Don Gifford with Robert J. Seidman, *Ulysses Annotated: Notes for James Joyce's Ulysses*（Berkeley: University of California Press, 1988），12。並參看 Hugh Kenner, *Ulysses*（London: George Allen &

Unwin, 1980）,156 。

❸ 見 Fritz Senn, "'Stately, Plump,' for example: Allusive Overlays and Widening Circles of Irrelevance," *James Joyce Quarterly*, Vol. 22, No. 4（Summer 1985）, 347 。並參看 Ellmann, *Ulysses on the Liffey*, 162 。

❹ Senn, Ibid., 349 。

❺ 見 Katie Wales, *The Language of James Joyce*（N.Y.: St. Martin's Press, 1992）, 103 。

❻ 見 *Joysprick*（N.Y.: A Harvest/HBJ Book, 1973）, 70-1 。

❼ 見 Kenner, *op.cit.*, 34 。

❽ 分別見 Wilson, *Axel's Castle*（N.Y.: Scribners, 1959）; Levin, *James Joyce*（N.Y.: New Directions, 1960）; Nabokov, *Lectures on Literature*（N.Y.: A Harvest/HBJ Book, 1980）。

❾ 分別見註 ❸ 和註 ❼ 。

❿ 見 Burgess, *op.cit.*; Kenner, *A Colder Eye*（Penguin Books,1983）, 241 。另外參看 Patrick A. McCarthy, *Ulysses: Portals of Discovery*（Boston: Twayne Publishers, 1990）, 25; Wales, op.cit.

⓫ 見 Miles L. Hanley, ed., *A Word Index to James Joyce's Ulysses*（Madison: University of Wisconsin Press, 1951）, 305 。

⓬ 見註 ❸ 。

⓭ 見 Kenner, *Ulysses*, 155 。並參看 Richard Ellmann, *James Joyce*（Oxford: Oxford University Press, 1983）, 521-22 。

⓮ 1921 年 7 月 10 致 Harriet Weaver ，見 *Lettsrs*, I, 172 。

⓯ 1919 年 2 月 25 日致 Harriet Weaver 。*Letters*, II, 436 。

尋常書單，異常技巧

　　早如荷馬已經知道通過列舉的方式發展情節或刻畫人物。❶ 後來法國的拉伯雷（Rabelais）和英國的笛福（Defoe）都利用過；喬伊斯曾讚後者的 *The Storm* 以這種手法把暴風雨寫活。❷ 福樓拜（Flaubert）對這種手法更是用到好處。（喬伊斯 1920 年 6 月離開義大利北方城市 Trieste 前往巴黎定居，行前爲自己藏書列過名單，其中包括荷馬、拉伯雷、笛福和福樓拜等前賢的著作。）❸

　　《尤利西斯》第十二、十四和十五章都數次臚列清單；到第十七章至少已有十二次詳舉十二個以上人物的名字。其他各種長短名單不計其數。❹ 喬伊斯自稱第十七章的形式是「數學問答體」（mathematical catechism），❺ 其中不厭其詳地告訴我們莫莉的或眞或假的情人，布魯姆兩個抽屜的內容和他當天的收支帳目。半夜斯蒂芬辭走以後布魯姆從客廳壁爐上面的穿衣鏡看到對面靠牆兩個書架。白天家具被搬移，重新安排，❻ 這時他注意到架上的書擺得很亂，有的竟上下倒置；他一邊放正，一邊想到女性缺少文學鑑賞能力，又想到把秘密文件藏在書的裏面或後面都有冒險性，可能被人無意間發現。接下去敘述者（narrator）——難以確定是作者或布魯姆，還是另外什麼人——列了一張書單。喬伊斯顯然有意在他稱爲小說眞正結尾的這一章通過這些單子進一步點染第一男主角的形象。

　　書單上第一本就是 *Thom's Dublin Post Office Directory* 1886 年

版。這個名稱可指兩本書，其一為 *Thom's Official Directory of the United Kingdom of Great Britain and Ireland* 中關於都柏林的部分，其 1904 年版是喬伊斯寫《尤》期間的主要參考資料；後來成為研究者所必備，各大圖書館爭相搜求。布魯姆這本為十八年前舊版，該是家傳舊書或舊書店買來的。

　　布魯姆對文學只有粗淺的興趣。書目第二本是愛爾蘭詩人 Denis Florence M'Carthy 詩集 *Poetical Works*（Gifford〔588〕指出一般書目未列這一書名），只讀到第 5 頁，夾有一山毛櫸葉，表示是在戶外當作消閑讀物。 ❼

　　Shakespeare's *Works* 名列第三；但小說直接間接提到莎士比亞不計其數。斯蒂芬對其著作熟知能詳，可以旁徵博引，就《哈姆雷特》發表長篇大論，其直接原因就是喬伊斯自己對莎翁瞭若指掌。他在 Trieste 的藏書中不但有莎士比亞全集，而且有莎翁詩歌、商籟體（Sonnets）和個別戲劇的單行本二十冊（包括兩本《哈姆雷特》），另外有許多專書。 1912 年 11 月至次年 2 月喬伊斯在 Trieste 一大學發表了十二次演講，其總題目即「莎士比亞的《哈姆雷特》」。可惜講稿已失傳，現存只有演講前作的筆記。 ❽

　　這章在書目前面曾鄭重宣布莎士比亞、布魯姆和斯蒂芬三人降生時各有新星體出現為誌。看來布魯姆對莎翁著作也相當熟悉，時常觸景生情聯想起來。例如上午在街上他記起頭天晚上有人男扮女裝飾演哈姆雷特，由此記起 Ophelia 的自殺，進而聯想到自己父親的自殺。第五、六兩章莎翁多次在他內心獨白中出現。他熟悉的程度當然遠遠不及斯蒂芬。例如下午在奧蒙德旅館給女友寫完回信，他想到「音樂有其魅力莎士比亞說過。一年當中每天都可引用的句子。 To be or not to be 。隨時備用的智慧（第十一章）。這裏第一句他弄錯了，那不是莎翁說的。他認為遇到任何難題都可打開莎氏著作尋找解答，曾多次這樣嘗試，每次都徒勞無功。

架上可能沒有一本是作為新書買來的。小說屢屢提到愛爾蘭記者、政治家兼作家 W. S. O'Brien，其 *When We Were Boys* 為當地有名的小說，是他被英國當局監禁期內在牢裏寫成，內容涉及反英秘密活動。布魯姆所藏者該也是二手書，綠色布封面已經褪色；其中第 217 頁夾一信封當書籤，不知是看到這裏停了下來，還是表示有重要片段需要注意。

History of Russo-Turkish War 封底貼有標籤表明乃直布羅陀衛戍司令部圖書館的財產。這本俄土戰史是架上最厚的書，分二冊，下冊寫一次關鍵性戰役，布魯姆的岳父大人參加過，猜想是他沾沾自喜，念念不忘「當年勇」，因此借而不還，據為己有，傳到女婿手裏。

福爾摩斯的創造者柯南道爾寫過一本書信體非偵探小說，書名長四十詞左右，書單內簡稱 *The Stark-Munro Letters*。內容其實是一系列論文，談宗教，政治，醫學和貧窮等等。布魯姆清晨起床記起圖書館有本書已經到期，必須續借，否則館方會通知他的保證人。現在知道就是這本，屬於都柏林圖書館一個分館，已過期十三天；看來過期並不罰款，否則精打細算的布魯姆會很緊張。❾

對種族問題布魯姆不消說非常敏感，架上 *Soll und Haben* 是德國暢銷多年的小說。布魯姆不懂德文，此書該是他父親的遺物。小說宣揚沙文主義；第 24 頁夾一香菸贈卷，有人推測是 Rudolph 看到這裏不忍卒讀，廢書不觀；❿但同樣也可能表示有他認為需要注意的片段或詞語。

有本長詩，襯頁原有前一藏者的名字，已被擦掉。另一本從法文譯的幾何學入門書 *Short but yet Plain Elements of Geometry* 襯頁寫著前一藏者的名字，並宣告「倘若遺失或下落不明，發現者務請歸還舉世無雙之勝地威克洛郡、恩尼斯科錫（鎮）、達費里門、邁克爾・加拉格爾為禱。」

下午布魯姆在奧蒙德旅館附設餐廳吃飯，回憶從前同莫莉看歌劇時他大談斯賓諾薩的哲學，洋洋自得地記起她「聽得入迷」談這本猶太教經典的；但半夜後她在內心獨白中透露那是因為正巧她月經來了，很不舒服，雖強作笑臉，實則把他的高論當作耳旁風。書架上的 *Thoughts from Spinoza* 無疑屬於大眾讀物，卻是布魯姆言論的主要依據。另外一本哲學書 *Philosophy of the Talmud* 是談這本猶太教經典的習見的普及性書名，直到現在沒有人查得出作者的正身。

The Hidden Life of Christ 似為簡稱。顧名思義，可能涉及耶穌的什麼隱私。布魯姆對軼聞和秘辛之類無疑很感興趣，擁有一本「秘史」叫 *The Secret History of the Court of Charles II*。

事實上，上至天文下至地理他皆有好奇心，但大都淺嘗輒止。午後不久路過 the ballast office（都柏林港務局），想起屋頂上的報時球，進而聯想到曾在天文學家 Robert Ball 著作中見過 parallax 一詞，始終不知其定義（視差）（第八章），書架上有這本 *A Handbook of Astronomy*。下午有個相識者提到布魯姆專愛買減價的東西，見過他付兩先令買了一本天文學書（第十章），該就是這本。早上布魯姆曾想到在書裏可以讀到與太陽競走的說法，（第四章），此書指架上的 *In the Track of the Sun*，未提作者姓名；黃色布封面，已經很舊，缺扉頁。

上午布魯姆在公墓記起「那本 *Voyages in China* 裏記載中國人認為白人的身體聞起來像死屍」（第六章）。書架上有這本書，作者叫 Viator（拉丁文：旅遊者），二十世紀初寫遊記者常用的筆名。看到這裏讀者難免心生疑竇，要問這張書單中有些著作是不是作者或開單者故意捏造的；確實大有可能。晚間在產科醫院有人談論馬達加斯加的婚禮怪俗（第十四章）。布魯姆有這樣一本書，書名長達三十多詞，縮成 *Three Trips to Madagasgar*，英國公理會傳教士 W. Ellis 著。

布魯姆很注意健康。買早餐途中他提醒自己得開始從頭到尾重作 Sandow 健身操（第四章）。夜裏在花街他又想起過（第十五章）。書架上有 Sandow 所著 *Physical Strength and How to Obtain It*。抽屜裏放著他使用此人所製滑輪健身器的記錄（第十七章）。

有益於身心而無害於道德的所有這些書當然堂而皇之放在架上。布魯姆抽屜裏卻藏著通信女友的情書和偷偷從倫敦郵購的春宮照片；他會不會也有淫書呢？即使有也可能故意「存而不論」的吧。

通過這張不惹眼的書單喬伊斯使小說男主角的形象更加鮮明眞切。這個技巧影響很大，包括美國的朵斯帕索斯（Dos Passos），法國的沙特⓫和其他後起作家。納布科夫尤其像是樂此不疲。*Pale Fire* 後面附有「索引」（Index），除人名和地名以外也有書名。*Pnin* 列舉了從前若干暢銷書。*Look at the Harlequins* 封裏附列「敘述者其他著作」（Other Books by the Narrator），所謂「敘述者」該是影射作者本人。⓬ 當代美國小說家厄普戴克的 *Bech, A Book* 結尾也附有一份戲擬書目（bibliography），開列了想像中那位作家的各種論著。

註釋

❶ 見 Gilbert, 267.

❷ 見 *Occasional, Critical, and Political Writing,* 169.

❸ 詳見 Ellmann, *Consciousness*, 97-134.

❹ 見 A. Walton Litz, "Ithaca", in Hart and Hayman, 387.

❺ 參看 The Beustocks, 217-28.

❻ 姑且算作是她，但論者間頗有爭議，參看 Weldon Thornton, "Voices and Values in *Ulysses*", in Hart and Hayman, 245; Bernard Benstock, "The Kenner Conundrum", *JJQ*, XIII: 4（Summer 1976），433-4; Senn, 104.

❼ Kenner 推測可能當時莫莉在場，布魯姆別有其他更好的尋樂辦法。見 *Ulysses*, 143。

❽ 關於喬伊斯與莎士比亞的關係，可參看 William Schutt, Joyce and Shakespeare: A Study in the Meaning of Ulysses（Yale Univ. Press,1957）和 Vincent Cheng, Shakespeare and Joyce: A Study of Finnegans Wake（Pennsylvania State Univ. Press, 1984）.

❾ 1977 年都柏林第六屆喬伊斯研討會（James Joyce Symposium）曾向該館詢問該書「下落」，答曰已宣布於 1906 年「失蹤」。見 Kenner, Ulysses, 143n.

❿ 見 Osteen, 383.

⓫ 見 Levin, Refractions: Essays in Comparative Literature（Oxford Univ. Press, 1966），289.

⓬ Nabokov（頁 360）盛讚布魯姆這份書單為 "a wonderful catalogue, clearly reflecting both his haphazard culture and his eager mind."

兩種筆法

1 精雕細鏤

《尤利西斯》一個惹眼的特色是充滿瑣屑的細枝末節，英文所謂 trivia 。喬伊斯自稱這部小說是「一種百科全書」。❶ 他根據當地的年鑑和舊報紙抄人名、店名、街名和門牌號碼等等，把 1904 年 6 月 16 日這天市民的活動詳情「全錄」進書裏，要給都柏林繪一工筆畫，「立此存照」；有朝一日如果該市毀爲廢墟，可以按圖索驥，依照小說重建如舊。可舉一例爲證：上午布魯姆與幾個相識者坐馬車從都柏林郊外東南靠海的亡友蒂格納姆家穿過市區，前往西北部的公墓參加葬禮，沿途經過的街道、教堂和飯館的名稱以及談到的各種新聞（第六章）大都可以在 *Thom's Official Directory* 和那幾天當地報上查到；除非他出於藝術上的考慮故意扭曲改動，或者因視力不好而看走了眼，通常照搬無誤。（他寫末章莫莉的內心獨白時把她少女時期所住的直布羅陀的地圖攤在面前以便隨時參考；寫第十四章期間面前始終放著胎兒九月發育的示意圖。）

乍看起來，這些細枝末節隨隨便便，彷彿無關宏旨，讀者甚至如墜五里霧中，感到不耐煩。出版之初頗遭非議，連威爾遜都抱怨如第五章所提的各種花不可能有什麼「價值」。❷ 這位大批評家是最早發現喬伊斯的人之一，或許由於爲時太早，他未能領悟採用這種技巧的出發點，情有可原，不必苛求。

《尤利西斯》排印後喬伊斯繼續在長條校樣上作大量增補，這樣，全書問世時先後所加細節多達數千，結果近似鑲嵌(mosaic)：許多碎片拼成一幅宏偉的圖畫。

喬伊斯這種不厭其煩不斷修訂的精神真可作為有志於寫作者的楷模。《尤利西斯》每重寫或校改一次都不但有所增補，而且文字上也精益求精，力求找到所謂 motjuste。有些論者把筆記、草稿同成書加以對照，都注意到這個現象，並據以進行很有意思的分析。例如第十三章近結尾處海邊放的煙火草稿先用 climbed 形容，改為 ascended，仍不滿意，至終選擇 wandered，比前二詞貼切而又生動。five young trees 三詞原來只是 elms 一詞，嫌含糊籠統。蝙蝠的飛動起初規規矩矩寫成 flew here and there,最後定為 flew here, flew there,遂逼真地描繪出牠忽東忽西忽上忽下的情狀。
❸

2 不寫之寫

《紅樓夢》脂硯齋評語屢用「不寫之寫」四字形容書裏沒有明確描述但卻值得注意的場景或細節。喬伊斯顯然視之為小說藝術的一種重要手法，經常利用，效果很好，為《尤利西斯》一大特色。

布魯姆伺候太太吃早飯一節寫得細緻靈動，入木三分。但有些關鍵性的細節卻秘而未宣。莫莉當天下午將與博伊蘭成姦對布魯姆不消說是大事，使他從早到晚耿耿於懷。莫莉告訴他博伊蘭要來他們家送她巡迴演唱的節目單："── O, Boylan, she said. He's bringing the programme"；緊接下去布魯姆問她要唱什麼歌曲，博伊蘭來的時間竟沒有交代（第四章）。直到後來從布魯姆的幾次內心獨白我們才逐漸發現太太早上已經告訴他是下午（第六章；第八章）四時（第十一章）。

丈夫既然知道太太與人幽會，理應捉奸成雙才對；下午近四時布魯姆在旅館瞥見博伊蘭正要去他家，確曾興起追趕的念頭，但一閃即逝（第十一章）。此前他參加友人葬禮途中曾記起 I said I，未完而止（第六章），讀者難以領會，直到末尾一章喬伊斯才通過莫莉的回憶透露早餐那個場景中隱去的另一關鍵性細節："he said Im dining out and going to the Gaiety"，晚飯在外面吃，飯後去看戲；讓她知道會有充分時間為所欲為。晚上近九時在海邊他醒悟已趕不及去戲院，不如回家，隨即卻想 "No. Might be still up." 莫莉可能尚未就寢，而奸情剛剛發生，當晚他沒有興致與她面對面相會。（第十三章）

布魯姆約好與友人去酒館商量如何為上午埋葬的亡友接洽保險金，第十二章他們依約先後到達，四人坐馬車離開。此後兩小時多布魯姆的所作所為沒有敘述。第十七章近結尾前才透露這般時間他們確已去過亡友家。

《尤利西斯》通常避免描述激烈場面，第十五章寫斯蒂芬被兩個英國兵打倒在地一節可算例外，但交代得很簡短；通奸這個火熱場景我們是由莫莉事後的內心獨白零零星星知道些情狀的。第十五章斯蒂芬在妓院說他在什麼地方傷了手；下一章提到在 Westland Row 車站發生了「很不愉快的事」；後到的布魯姆認為是莫里根和海恩斯要趁混亂中擺脫斯蒂芬偷偷搭車返回所住的碉樓；但既然布魯姆並非現場的目擊者，他的印象便未必可靠。這點也曾導致爭議。據肯納推論，莫里根和海恩斯並非想要溜掉，而是斯蒂芬同莫里根發生口角，一時火起，猛擊了他一拳；結果莫里根嚇跑，斯蒂芬手傷。但另一喬伊斯專家本斯托克覺得肯納的說服力不夠強；斯蒂芬未必激怒到動粗的地步，而且爲什麼出手之後還要窮追不捨？以他的平和個性——例如被英國兵打倒地上而未反抗——不太可能有這種行徑，何況衝突的理由不外是斯蒂芬認爲莫里根「篡奪」了碉樓。本斯托克引第十五章斯蒂芬的一段話，其中提到他二十二歲時摔倒，據此推斷當時手受內傷，過了十六年還會疼痛，並不是因爲在火車站揮拳所致。 ❹

第四章以布魯姆大便完畢作結，次章開頭（上午近十時）他忽然已經走在利菲河南都柏林東區一碼頭旁邊了。離他家不近，他是怎麼來的？小說沒有交代。他半夜回家後所開列的當天收支帳目未提這段路的電車票價，可以推測是步行。清晨布魯姆上街買早餐，剛出門便發覺因換褲子而忘記帶鑰匙，但衣櫥開關聲音太大，他不願打擾莫莉，遂虛掩房門而去，一邊提醒自己回來不要再忘記；近十一時他在街上發覺他大便之後離家之前畢竟又忘了（第五章）。半夜帶斯蒂芬返家時他連忘記帶鑰匙的事也忘了，伸手去口袋摸了個空，結果不得不越牆而入（第十七章）。

註釋

❶ Letters, Ⅰ, 146.

❷ Wilson, 214.

❸ 見 Litz, *The Art of James Joyce*, 31 。關於喬伊斯這種創作過程，另外可參看 Joseph Prescott, "Stylistic Realism in Joyce's *Ulysses*," in Magalaner, 2nd Series, 15-66 。

❹ 見 Bernard Benstock, "The Kenner Conundrum: Or Who Does What with Which to Whom", *JJQ*, XIII: 4（Summer 1976）, 431-2.

中斷的語句

莎士比亞的作品中已出現過中斷的語句。例如 *The Twelfth Night* 三幕四場結尾 Sir Toby 叫 Sir Andrew 痛毆 Cesario，對方回答："And I do not ——"，句子未完便急促離開去追趕 Cesario，未完部分可以作不止一種理解。*Anthony and Cleopatra* 四幕十五場開頭瀕死的 Anthony 哀求 Cleopatra 同他吻別，她說："I dare not, dear," not 後面據莎學名家 Edmund Malone 說該是 descend；當然不錯，但莎翁是有意這樣省略，而效果很好。❶

《尤利西斯》中有很多未完而止的語句，大多數重看以後能夠理解。第十一章 Bloom ate liv as said before 中 liv 顯然指 liver；其前不多幾行出現過這個詞，而且第五章已經交代他愛吃飛禽走獸的內臟，包括肝在內。第十一章後來布魯姆在旅館附設餐廳給通訊女友寫信，接著出現 "How will you pun? You punish me?"（*U*11.890-1）pun 和 me 兩個單音節是隨合隔壁酒吧傳來的音樂聲停頓的拍子；pun 當然代表 punish 的頭一音節。金譯「你準備怎樣罰？你罰我？」；蕭乾、文潔若譯「你要怎樣來懲罰我？你要懲罰我？」皆未加以區別，從而不夠傳神。不妨先用「懲」字，後用「懲罰」二字。❷

同章內另一句 "Queen was in her bedroom eating bread and" —— and 什麼呢？回頭查第四章可以發現兩次提到莫莉早飯吃 bread and butter；同時布魯姆想起一首童謠中有句 "The queen was in the parlour,/Eating bread and honey"；略去 honey，暗示 and 後面該是

butter。第四章近結尾的 Quarter to，第五章近結尾的 Quarter past 和第十八章近結尾的 quarter after 都可根據前文確定分別指上午 9:45，10:15 和夜裏 2:15。第十一章，布魯姆隨即想到 "How do you? I do well"，從後句可知前句末一詞是 do，但沒頭沒腦，是什麼人在什麼場合的回答呢？需要靠上下文的情節才能領會是布魯姆想像中博伊蘭午到他家同莫莉之間的寒暄。第五章 I said I 突如其來，直到最後一章才發現原來早上布魯姆告訴太太 "Im dining out and going to the gaiety." 午後不久他在街上想到 "Please tell me what perfume does your wife,"吃中飯時腦中閃過同樣的字眼（第十一章）。我們回到第五章，查出這是他的通信女友來信中的片段，wife 後面略去的是 use，隔了不到一頁全句出現過，第七章又出現過。

　　第十三章格蒂在海灘從口袋取出灑過香水的棉團向遠處她的女伴揮動，"of course without letting him and then slipped it back. Wonder if he's too far to." him（指布魯姆）後面省去幾個詞，金譯「不是對他」，誤；蕭、文譯「不讓他知道用意」，把句子完成，有失原文意趣，而且省去的幾個詞意思該是「不讓他看見」。接下去那句應理解爲「不知道他是不是離得太遠而不能」，二漢譯本都未處理 to 這個關鍵詞。同章近結尾布魯姆思潮中湧出 "O, those transparent!" 其前提到過格蒂穿著昂貴的 transparent stockings，頗惹他注目，所以不難猜出略去的是 stockings。蕭、文加上「襪子」完成句子，違背了作者的用心。金譯「那些透明的」似也曲解，「些」應作「雙」。

　　下午布魯姆在店裏買信紙信封準備給通訊女友寫情書，瞥眼忽見博伊蘭正坐馬車前往他家與莫莉成奸，腦裏閃過一個念頭要趕緊尾隨："Follow. Risk it. Go quick"，因而差點忘了付帳，女店員告訴他兩種貨品的價格是 Two pence，被他打斷話頭，然後說 And four，並對他微笑。這使他記起早晨莫莉說過下午四時博伊蘭要來他們家："At four she"（said），於是出現 "Bloo smi qui go. Ternoon" 這種密碼式字眼（第十一章），其末一詞從上下文看該指布魯姆同店員道別的 Good Afternoon，蕭、文譯「再見」，不如略為「再」；金譯「下午」，不妥。不久布魯姆心目中 Nice name he 需要回溯二百多頁才知道已有兩句可據以決定結尾是 has，第四章早上莫莉因十九世紀法國通俗小說家 Charles Paul de Kock 的姓與英文 cock（男子性器官）諧音而作了這樣的猥褻評語。下午四時是布魯姆當天念念不忘的關鍵當口。第十三章晚上八時多他在海濱發現懷錶不早不晚停在四時半；"Was that just when he, she?" 不忍繼續想下去的是太太與博伊蘭成奸的時刻。第十一章布魯姆在旅館吃中飯時因有人彈琴唱歌而想到："Chamber music. Could make a kind of pun on that. It is a kind of music I often thought when she." 我們要到最後一章從莫莉的內心獨白才能確定 She 是莫莉，未完成部分指她夜裏用尿壺（chamber pot）。（喬伊斯出版的第一本書是詩集 *Chamber Music*。）

有些未完成語句難以憑書裏的內證確定省略的字眼（第十六章）。深夜布魯姆在酒館拿出太太的照片向斯蒂芬炫耀她多麼美豔性感；突然心生恐懼："Suppose she was gone when he?....."，怕他回家時發現已經人去樓空。蕭、文譯「倘若他……的時候她出去了呢？」看來誤解成博伊蘭到時莫莉不在家；金譯「假定他那時她已經不在了呢？」比較可取，但「那時」顯得與蕭、文理解相近。其實布魯姆接下去想到一首歌詩，其中詠愛爾蘭一小國的君主發現妻子隨另一小國的君主私奔，他返家時人去樓空。據此似可譯成「假定他……時她已經不在了呢？」；按中文句法，加省

略號是必要的。 ❸

　　另外有些懸空語句根本沒有伏線可尋。第十五章近一半處斯蒂芬在妓院幻想自己變成《聖經·路加福音》中的浪子（Prodigal Son），餓得想吃餵豬的豆莢： "Filling my belly with husks of swine.Too much of this. I will arise and go to my. Expect this is the." 如果單以《聖經》爲據， my 後面略去的該是 father ，但這裏就斯蒂芬而言意思並不明確。 the 後面該是什麼就更難推論。蕭、文譯本爲 my 加注鑿定「後面省略了『父親哪裏去』。」the 則未註。 ❹ 第五章開頭布魯姆在街上，天氣燠熱，他想到熱帶地方人們整天昏昏欲睡，懶得吵架： "Flowers of idleness. The air feeds most"，接下去想的是什麼沒有論者敢斷定。 most 既可作形容詞也可作副詞，它後面可加的字眼遂無可限量。漢譯「主要靠空氣養活」（金）和「主要是靠空氣來滋養」（蕭、文）不但背離原文故意含糊其詞的旨趣，理解也有偏差。同布魯姆通信調情的女子自稱 Martha Clifford ，顯然是假名，他在海灘上曾因格蒂而有這樣的頓悟： "Might be fake name however like mine"。（第十三章）自始至終他琢磨不出她的身分，第十一章在 She's a 之後無法猜下去；他猜疑吧女之一或許是她： "Suppose she were the?" 金譯「假定她就是呢？」「是」字後面仍應加省略號。蕭、文譯「倘若她對我……？」不妥，從所附註釋看似乎誤解了原文。第十三章近結尾布魯姆在沙灘上用手杖留字給格蒂： "I AM A"，因空間不足而句子未完，後面該是何種措詞已有多種推論，而至今沒有人能夠鑿定。（可能喬伊斯正是這樣希望，這是《尤利西斯》中許多沒有謎底的謎之一。人們當然可以各抒己見進行推論，但如果窮追不捨，必定要提出單單一個答案，那就徒然會跌入陷阱。（參看本書〈廢辭──《尤利西斯》之謎〉一文第 7 節。）

英文有所謂 apocope（詞尾省略法），如 though 縮成 tho, cine-matograph 縮成 cinema ， through 縮成 thru ；喬伊斯則是用作一種小說技巧，而效果也不壞，至少增加了閱讀時的諧趣。

註釋

❶ 參看 Arden 版（1977）， 182n 。

❷ 在這兩句之前一個片段中有同樣的句子，現節錄幾句，並根據前後文用方括號代為完成或解釋："Got your lett〔er〕and flow〔er〕. It is utterl〔y〕imposs〔ible〕… To write today,/ … Accept my poor litt〔le〕pres〔ent〕enclos〔ed〕. Ask her no answ〔er〕… Five〔shillings〕Dig〔nam〕… Elijah is com〔ing〕. Seven〔pennies〕Davy Byrne's.… p〔ostal〕o〔rder〕two〔shillings〕and six〔pennies〕. Jingle〔Bloom 心目中聽到 Boylan 前往他家與 Molly 成奸途中馬車的聲音〕， have you the〔horn ，指綠頭巾〕。"（*U*ll.865-9）

❸ 另外參看 Gottfried, 77-82 。

❹ 這兩個未完成語句一般論者和譯者都不具體注明缺略何詞，如 Gifford 和 Blamires 的導讀， Pléiade 新版法文本和金隄漢文本。

❺ 例如 Blamires 就斷言最後未寫出的詞是 ALPHA ，所舉證據很片面，缺少說服力。見 Blairmires, 151 。（按"I am Alpha"一語原出《聖經‧新約‧啓示錄》第一章第八節。）McCarthy（頁 50）則認為「很可能」是 mosochist（被虐狂者），但隨即承認這裏不可能硬斷為任何單獨一詞。

內心獨白 V. 意識流

意識流（stream of consciousness）和內心獨白（interior mono-logue）當然不同。前者是心理學術語，威廉・詹姆斯（亨利・詹姆斯之兄）在其名著《心理學原理》（*The Principles of Psychology*, 1890）中首次使用，指人心裏種種印象和思想的持續；後來成為一種小說技巧，藉以呈現人物未受理性管制的情況下不按邏輯不合文法的遐思玄想。內心獨白則較有意識；它是極為古老的敘寫手法，荷馬已經用過。柏拉圖《智者篇》（*The Sophist*）這樣自問（等於自答）：「難道思想不就是講話嗎？唯一分別是思想屬於靈魂同自己進行的未說出口的對話。」❶

儘管如此，論者大都承認這兩種手法很容易混為一談。有的說內心獨白和意識流一樣缺少邏輯性，一樣不受控制；有的說意識流是內心獨白的一種特殊技巧。❷ 有的卻反而認為從現代詩歌和小說看來，內心獨白屬於意識流的範圍。❸ 不少喬伊斯專家持同樣看法。伯吉斯和森恩把二者交換使用，不加區分；海曼稱第十八章為「意識流的極端形式」；弗倫契在其專著內通用 stream of consciousness，並稱為《尤利西斯》全書的 initial style（原始風格）， basic style（基本風格），是喬伊斯創作過程中的一次「突破」。❹ 有人甚至說第十八章「理應」(Properly)稱為 stream of conscioueness ； 1980 年一本專著和 2000 年一本權威性詞書都直指《尤利西斯》中使用的是意識流。❺ 另有論者恰好相反，反對把 interior monologue 當作 stream of consciousness 的同義詞，並舉第

十八章爲「直接內心獨白的最佳範例」。 ❻

　　作爲一種文學技巧，內心獨白有古老的傳統。早如荷馬、維吉爾和奧維德等人已經利用過。 ❼Interior monologue 這個術語則來自法國批評家拉保（Valéry Larbaud, 1881-1957）最初討論《尤利西斯》時用的 monologue interior，而他是從當時法國通俗作家 Paul Bourget 所著 Cosmopolis（1893）借來的。 ❽ 其時吉伯特表示英譯 silent monologue（無言獨白）比較妥當，頗有人贊同。 ❾ 吉伯特論《尤利西斯》專書提到喬伊斯自稱小說從頭到尾用的是這種技巧。另外提到喬伊斯有一次對他說使用內心獨白只是作爲橋樑讓全書十八章文字藉以過河，過了河別人儘可把橋炸得粉碎，他絲毫不再放在心上。❿喬伊斯另一知交勃金則認爲主要在前面幾章使用內心獨白；他記得喬伊斯曾說最後一章是莫莉的“(non-stop) monologue”（持續獨白）。⓫

　　第一章開端斯蒂芬從莫里根的金假牙和大嘴巴聯想到 Chrysostomos，這是古希臘一位修辭學家和基督教早期一位教父的姓氏，後來成爲綽號（epithet）字眼，意思是金口。隔了四頁，莫里根對斯蒂芬揚言他們如能合作，便可爲祖國作出貢獻，斯蒂芬內心又有反應：“Cranley's arm. His arm”。 Cranley 是斯蒂芬青少年時同窗好友，慣常同他挽臂而行；但已失和多年，時過境遷，現在這莫里根也想要跟他挽起臂來了。

　　兩男一女三個主角的內心獨白各有特色；布魯姆腳踏實地，平淡無奇；斯蒂芬好高騖遠，往往隱晦玄奧；莫莉的長四十頁，沟湧奔放，頗如豪雨時地上積水四處漫延。

　　次要人物當中莫里根可算最重要了。此人行爲輕浮，思想狹隘，夸夸其談，又喜歡插科打諢。書裏沒有他的任何內心獨白或意識流，可能就是在暗示他太過淺薄，缺少反省和思考能力。博伊蘭也好不了多少，四肢發達頭腦簡單，全書只讓他作了短短三個詞的內心獨白——第十章他在店裏爲莫莉買禮物時看到年輕女店員上衣胸口敞開那地方，遂想："A young pullet"（一個小雛兒）。女店員的反應反而是更長的內心獨白："Got up regardless, with his tie a bit crooked"（打扮時髦無比，費用在所不計，領帶有點歪曲）。兩種漢譯本皆把這個片段誤爲小說敘述正文的一部分，違反了作者一個重要的旨趣。

歸根結底，喬伊斯所用的該稱爲內心獨白還是意識流其實並不重要，重要的是他推陳出新，使這個技巧向前邁進了一大步，至今仍值得從事小說創作者借鑒。本書通常使用「內心獨白」，主要是爲了統一。

註釋

❶ 轉引自 Gilbert, *James Joyce's Ulysses*, 14n.

❷ 關於二者間的對照辯析，可參看 R. Scholes and R. Kellogg, The Nature of Narrative（Oxford Univ. Press, 1968），177-203; C. H. Homan and W. Harmon,eds., A Handbook to Literature（N.Y.: MacMillan, 1986），258-9; Dorrit Cohn, "Narrative Monologue: Definition of a Fictional Style." *Comparative Literature*, 18 (Spring 1966), 96-112.

❸ 參看 Chris Baldick, *The Concise Oxford Dictionary of Literary Terms*（Oxford Univ. Press, 1990），111, 212 。

❹ 分別見 Burgess, *Joysprick*, 48; *ReJoyce*, 84; Senn, 140; French, 54, 57; Hayman, 104.

❺ 分別見 Sultan, *The Argument of Ulysses*, 415; Lawrence, *Passim* 和 Margaret Drabble, ed., *The Oxford Companion to English Literature*

(Oxford univ. Press,2000), 519.

❻ 見 Holman and Harmon, 259.

❼ 參看 Robert Scholes and Robert Kellogg, *The Nature of Narrative*（Oxford Univ. Press, 1966）, 178.

❽ 見 Ellmann, *James Joyce*, 519.

❾ 例如 Ellman, *ibid.* 358n; Attridge, 142.

❿ 見 Gilbert, 16, 28.

⓫ 見 Budgen, 91, 262, 264.參看 Potts, 93n30.

卷四

廋　辭
——《尤利西斯》之謎

有秦客廋辭於朝，大夫莫之能對也。

——《國語‧晉語》

古之所謂廋辭，即今之隱語，而俗所謂謎。

——周密《齊東野語》

Tu......

erigias tus arduos laberintos.

—— Jorge Luis Brges，"Invocación a Joyce"

1 引言

1928 年，*Finnegans Wake* 以 *Work in Progress* 的名稱正在一邊屬稿一邊發表。鑑於威爾斯（H. G. Wells）曾表示必要時願意助他一臂之力，喬伊斯把雜誌上連載的小說片段送請這位文壇先進幫忙向讀者大眾推介。誰知威爾斯回信斷然拒絕，認定喬伊斯的新手法是條死胡同，抱怨他揚棄了讀者大眾，不但 *Finnegans Wake*，連《尤利西斯》也徒然變成「大而無當的謎」（vast riddles）。❶ 威爾斯的反應不能說沒有道理。正如早期喬學家廷達爾（Tindall）所說的，終其一生，喬伊斯迷戀於「無法解答的問題」（the unanswerable question），所有主要著作中都有謎，以致整個作品本身也像謎了。❷喬伊斯自己就曾自承他在《尤利西斯》放進許多謎（riddles and puzzles），目的在於讓教授們忙幾百年，爲他字裏行間的言外之意而爭論不休，「只有這樣才能保證我永垂不朽」。❸第十五章脫稿後寄往英國發表時書刊審查當局丈二金剛摸不著頭腦，誤以爲是密碼，壓住不放，經人解釋這是前所未見的嶄新文學技巧才准予過關。❹

《尤利西斯》中大大小小形形色色的謎舉不勝舉，不管是人、事、地乃至片語隻字，都會成爲迷宮，讓讀者走失。第一章斯蒂芬早上把他所住碉樓的鑰匙交給莫里根，決定不再返回這裏，那麼（第十七章）次日凌晨他婉拒布魯姆留髡的雅意以後去了何處過夜？斯蒂芬辭走以後布魯姆看到父親當年自殺前留的遺書，他所記得的內容爲什麼斷章取義，語焉不詳？是否是他或故事敍述者把最關鍵的部分（例如自殺原因）故意略去？第十六章布魯姆和斯蒂芬在酒館邂逅的「水手」是何許人？第十七章結尾那個特大號的圓點是什麼意思？❺類似這樣的謎其謎底藏而不露，結果就往往變成「讀者陷阱」（reader trap），連專家跌進去都未必爬得出來。當年吉伯特(Gilbert)在喬伊斯贊助下所寫專書肯定（第十章）布魯姆下午三時多在書攤上爲莫莉「買」了那本黃色小說 *Sweets of Sin*，❻另一專家凱恩（Kain）卻看出是租而不是買；❼後來也有論者再三提醒應當是「租」。但直到最近仍有人弄錯。❽此外，凱恩因（第十三章）布魯姆的懷表恰巧在下午四時半停止而定爲莫莉和博伊蘭成奸的時間；肯納卻說該是五點以後。❾博伊蘭遲到遲到了一刻鐘左右。）

喬伊斯興之所至，竟會使書裏的人物也掉進「陷阱」。第一章莫里根說 "He（斯蒂芬）proves by algebra that Hamlet's grandson is Shakespeare's grandfather and that he himself is the ghost of his own father." （*U*1.555-7）遲鈍的海恩斯被幾個代名詞弄昏了頭，以爲 "he himself" 是指斯蒂芬而非莎士比亞。第二章開頭不久斯蒂芬上課時爲了表示機智和幽默，提出一個謎要學生解答，但他們一頭霧水，他只好自己揭示謎底；這謎底與謎之間卻彷彿毫無關係，而且其本身就像是謎；結果徒然使教室內氣氛更爲尷尬，幸虧下課鈴響，師生都覺得如同獲赦。哈特（Hart）說第十章「對所有人，不管是讀者還是書裏的人物都充滿了陷阱」，❿實則其他章節也隨時隨地是坑，一不小心就很容易跌進去。

2 房租誰付？

1904 年 9 月，喬伊斯（時年二十二歲）曾在友人戈加蒂（Gogarty）所租的馬泰洛碉樓（Martello Tower）寄住約一週，碉樓坐落都柏林東南郊海濱，是十九世紀初爲防禦拿破崙入侵而建（現在成爲喬伊斯博物館館址）。《尤利西斯》中斯蒂芬與醫科學生莫里根同住在這裏，每年向陸軍部長交房租十二鎊。 1904 年 6 月 16 日吃完早飯要出門以前，莫里根問斯蒂芬有沒有帶鑰匙。在路上斯蒂芬內心獨白裏有「他要那把鑰匙。那是我的。我付的房租」三句話（*U*1.630-1）。作別時，莫里根果然把鑰匙討去，而斯蒂芬遂也決定晚上不回碉樓，暗咒莫里根爲「篡奪者」（usurper）。

大多數喬伊斯研究者都從字面上鑿定房租確是由斯蒂芬付，⓫但也有人感到蹊蹺，推論 "It is mine, I paid the rent" 該是斯蒂芬回憶莫里根對他所說的話。 ⓬《尤利西斯》確有這種筆法，如第十三章布魯姆在海邊想道： "I have such a bad headache today"（*U*13.778-9），初讀彷彿是他自己頭痛得厲害，其實是他心裏記起瑪莎給他來信中的一句。但是仍有論者堅持房租確是斯蒂芬所付。❸ 如果我們考慮到喬伊斯和戈加蒂當年的舊事，加上斯蒂芬一貧如洗的處境，房租似爲較爲寬裕的莫里根所付。但這樣卻無從解釋「篡奪者」這個惡謐。所以到底是誰付房租，還是懸疑難決。

3　生日何日？

我們知道布魯姆太太莫莉的生日是 9 月 8 日，他們女兒米莉的生日是 6 月 15 日；我們知道他們的兒子魯迪生於 1893 年 12 月 29 日，活了十二天，次年 1 月 9 日夭折。關於布魯姆，小說更是鉅細必究；他身高五尺九寸半，體重一百五十八磅（"eleven stone and four pounds in avoirdupois measure" *U*17.91-2），中名（middle name）叫 Paula ；但從頭到尾，從未透露他的生日，反使讀者更覺「惹眼」。羅利（Raleigh）就此作過周詳的探究，他指出喬伊斯母親是 5 月（May）結婚，想必當月懷了他，而且 May 是她的名字，因此五月成爲他最喜歡的月份，遂據以推測布魯姆的生日爲 5 月 6 日前後。❹ 但這個推論漏洞太多，連羅利本人都不敢斷定。至於斯蒂芬，作者告訴我們他年華二十二，故事發生這天已經八個月沒有洗澡，兩天（二十四小時多）沒有吃正餐（dined）；唯獨他的生日卻諱莫如深。從第七章和第十七章零零散散的詞語可以推出他母親 1881 年 5 月懷胎，次年 2 月生他。這樣推下去，不免令人猜疑斯蒂芬是否與喬伊斯生於同一天，即 1882 年 2 月 2 日。❺總之，斯蒂芬的生日也是個謎。布魯姆和斯蒂芬是《尤利西斯》的兩個男主角，爲什麼喬伊斯周詳地交代幾個次要角色的生日，偏偏對他們的誕辰吉日守口如瓶呢？只能說是由於他喜愛「無法解答的問題」，沒有謎底的謎。

4　"Who's he when he's at home?" ⓰

　　布魯姆用假名亨利・弗勞爾（Henry Flower）自稱作家在報上登啓事誠徵打字員，想藉此找個通信女友。有一應徵者自稱瑪莎・克利福德（Martha Clifford），似乎也是假名，布魯姆一瞬間曾猜疑她會不會是奧蒙德旅館吧女米娜・肯尼迪。第十五章瑪莎出現，說她本名貝姬・格瑞芬（Peggy Griffin），有個兄弟是橄欖球後衛。但敘述所用的像是「魔幻」寫法，非眞人眞事，而且瑪莎是否在說實話？貝姬・格瑞芬又是何許人？都是問題。 ⓱

　　早上布魯姆由太太而想起岳父，此後提到時稱之爲 old Tweedy。第十一章布魯姆的三個相識者在奧蒙德旅館談論莫莉，其一叫她父親作 old drummajor（指揮軍樂隊的士官）；傍晚布魯姆在海邊則把他想成 old major，此後老特威迪就被冠上這個稱謂，儼然官拜少校了。第十五章他竟連升數級，以 major general（少將）的身分顯身。近些年來，論者都發現 major 大概是 sergeant-major（士官長）或 drummajor 的簡稱。 ⓲ 莫莉回憶她父親當年在直布羅陀常去操場訓練兵勇（見 U18.766-7），而一個少校不會親自下場操練。據艾爾曼說，喬伊斯寫特威迪這個人物，模特兒爲一自稱少校的退役士官。 ⓳ 看來他是士官的可能性較大，尊他爲官長只不過是他喬伊斯者涉筆成趣，與他（及讀者）玩玩遊戲而已。

　　莫莉的母親比父親更神祕，我們對她生平所知的一鱗半爪全都來自莫莉，而她顯然有所顧忌，常常語焉不詳，加以事隔多年，記憶模糊。她記得母親有個悅耳的名字 Lunita Laredo，但她

回想 "he hadnt an idea about my mother till we were engaged otherwise hed never have got me so cheap as he did"（*U*18.283-4），這話極耐人尋味，她直到訂婚才告訴布魯姆，不消說有難言之隱，隱的是什麼不可告人的秘密呢？我們知道她母親是猶太人。但她是否是風塵女子？是否與特威迪結過婚？如果結過婚他單獨帶女兒返愛爾蘭之前她已經去世還是與他離異？ ❷⓪ 莫莉和她的創造者都拒絕明說，我們在納悶之餘，也只能根據蛛絲馬跡去揣度，這就難免會導致歧見，惹起爭論。

《尤利西斯》中難以「驗明正身」的人物──有的僅是順筆而擬的名氏──不可勝數，第十二章的遊戲文字中尤其多。故事敘述者提到晚報上發表了一位 D.O.C. 的饒有興味的言論，這縮寫的姓名卻沒有人知道是什麼人。亞當斯（Adams）說是 cod（玩笑）一詞的密碼， ❷① 只能算作他的一己之見。「M.B. 愛一位漂亮男子」（*U*12.1495）既可以指莫莉（Molly Bloom）愛博伊蘭（Boylan），又可以指米莉（Milly Bloom）愛班農（Bannon）。出席絞刑儀式的各國政要名單中的 Hi Hung Chang 中國讀者一眼就可看出是拿「李鴻章」開玩笑（英文可釋為「把章高高吊起來」），西方讀者卻要有人特別注解，而註解者又誤以章為姓氏。 ❷② "Li Chi Han Lovey up Kissy Cha Pu Chow"（*U*12.1495）則純是作者模擬洋涇濱（pidgin）英語作文字遊戲。 ❷③ 第十六章布魯姆和斯蒂芬在馬車夫歇腳的酒館碰到一人，自稱是海員，名 D.B.Murphy，曾周遊列國（包括中國）；此人口若懸河，滔滔不絕，但很可能全是睜眼說瞎話。這位怪客當天來自何處？當晚投宿何處？沒有人知道。

第十二章有兩個關鍵人物被作者「姑隱其名」。首先是敘述者「我」，都柏林老居民，滿口俚語，市儈氣十足；愛說人壞話，愛佔人便宜。他新近謀得一專門替人向賴債者索帳的可鄙的差事。

第十五章出現了一個「無名氏」（Nameless One），一發言就聽出是他的聲口。但他姓什名誰書裏卻秘而不宣，而缺乏具體內證，連猜測都無從下手。一位論者說莫莉內心獨白中想到的陌生人「長鼻子傢伙」指的是他，❷ 小說卻沒有任何地方提到他鼻子大，第十五章倒特別提到他「沒有五官」（"featureless face"; *U*15.1143）。❷ 第十二章的主角——那位「公民」——喬伊斯也避不吐露他的正身。❷ 納布科夫（Nabokov）猜測此人是格蒂・麥克道爾的父親，根據(1)格蒂的外祖父是吉爾茶普；(2)吉爾茶普又是「公民」的岳父。❷ 第一點無可置疑（見 *U*13.232-3），但書中從未提到「公民」與吉爾茶普是翁婿關係，恐怕是納氏看走了眼，或一意孤行而走火入魔；至少淡化了這個人物的代表性。（納氏發起議論來往往顯得飛揚跋扈，自以為是。）

　　《尤利西斯》最神秘的人物無疑是「麥金托石」（M'Intosh），他是參加蒂格納姆葬禮的第十三人（「死亡的數字」，*U*6.826），細高個子，身穿褐色雨衣，在場沒有任何人認識他，而他只在墳墓旁邊曇花一現，便失去蹤影。記者漢因斯記錄送葬名單時問布魯姆「那邊那傢伙，穿著……」，布魯姆接他話頭說「褐色雨衣」（macintosh），漢因斯耳聽手寫，匆匆而去，布魯姆要改正已來不及（見 *U*6.891-900）。第十章結尾此人吃著未塗黃油的麵包在英國總督的坐車前面穿過馬路。第十一章結尾前布魯姆納悶「那傢伙」是誰。第十四章結尾斯蒂芬和一群醫科學生由產科醫院轉住酒館繼續買醉時他又不期然出現。第十五章的幻覺場面中他穿過地板門跳出來「揭發」布魯姆，隨即被炮彈轟走。晚報上布魯姆見參加蒂格納姆葬禮者當中竟然有 M'Intosh 其人，原來那記者心不在焉，把雨衣誤成人名。有趣的是這天布魯姆對這陌生的「笨蛋」（galoot, *U*6.805）始終念念不忘（除第十一章外見，第十二章，第

十三章），直到第十七章還要打破沙鍋問到底：「那麥金托石到底是什麼人？」（*U*17.2066）

　　眞的，這麥金托石到底是什麼人？幾十年來論者前仆後繼，提出種種推斷。廷達爾推測是影射喬伊斯自己，❷ 納布科夫也興高采烈地宣布：「布魯姆瞥見了他的創造者！」❷ 湯瑪斯（Thomas）持同樣看法，指出喬氏也是修長身材，引勃金（Budgen）說喬氏住蘇黎世時也常穿褐色大衣。在湯瑪斯看來，如果當年喬伊斯願以幽靈的形式重返故鄉，則第六章所述公墓該是個好去處。❸ 除此以外，還有人認爲麥金托石是⑴喬伊斯短篇小說《痛事》（"A Painful Case"）男主角詹姆斯·德菲；⑵愛爾蘭政治領袖帕內爾（Parnell）；⑶奧德修斯（Odysseus）；⑷耶穌；⑸猶大；⑹流浪的猶太人（Wandering Jew）。至少有十多種不同的說法。❸ 喬伊斯用的手法撲朔迷離，使這個人物神出鬼沒，不可捉摸。正因爲如此，更激發了人們的好奇心；可以預料將來仍會有研究者繼往開來，苦苦爲這啞謎探求其他新穎的答案。

5 情夫榜

　　第十七章採用科技體問答形式，字面彷彿詳瞻謹嚴，然而往往是「欺人之談」。布魯姆就寢前心裏盤算了曾經「進入」（enter）莫莉的所有男子的名單，共得二十六名。略加審視，我們會覺得這份名單古裏古怪，因爲除了博伊蘭剛與莫莉成奸以外，連她初戀的情郎莫爾維都沒有跟她性交過，當前最流行的版本如Random House 1961 年和 1984 年 Gabler 所編新版中第十八章莫莉回憶時記得的是 "Mulveys was the first"（*U* 18.748）而非如有些版本所印的 "Mulvey was the first"；加了 s 成爲所有格，表示她少女時代第一次接到的信或第一次摸到的男性器官是他的，只此而已（小說未交代莫莉與布魯姆初次性交時是否是處女）。其他二十三人當中竟有郵政總局裏一個擦鞋匠，不知是布魯姆疑心太重，無中生有，還是作者或敘述者在故佈疑陣。

但這份名單歷來哄騙了不少人，包括幾位方家在內。萊文明確指出莫莉可能與二十五個情夫共床過，包括斯蒂芬的父親。 ❸❷ 威爾遜認爲莫莉「性慾過人」（prodigious sexual appetite）。 ❸❸ 艾爾曼的《喬伊斯傳》新舊版都確定莫莉結婚後有過兩個情夫，博伊蘭和達西（Bartell D'Arcy）， ❸❹ 儘管初版問世以來已有喬學家相繼指出達西不可能。羅利則斷言莫莉屢屢想起的加德納中尉是布魯姆和博伊蘭之外唯一同她有過性行爲的人。 ❸❺ 肯納總結了各家的意見，推出的答案是除開博伊蘭，莫莉的情夫總數介於零和一之間； ❸❻ 所謂一是指加德納，而他偏偏榜上無名。是不是莫莉瞞著布魯姆，始終沒讓他知道有這檔子事？總之，令人如墜五里霧中，莫知所從。

名單列了一位伯納德・科里根神甫，蒂格納姆葬禮的參加者中有他一個舅子姓名與此相同，但顯然不是神甫。莫莉憶起曾向一位科里根神甫懺悔，或許布魯姆知道此事，疑心生暗鬼，把他也算上。但到底科里根是三個不同的人，兩個不同的人，還是同一個人？書裏沒有明確的線索，可能是布魯姆杜撰的人物。第十一章布魯姆記起有一次在戲院發現有個傢伙從樓座居高臨下以小望遠鏡死盯著看莫莉（第十八章她也曾記起），僅憑這點，也順手牽羊將之列入。花名冊中有八個人莫莉在其充滿色情的內心獨白裏卻隻字未及，似乎作者在暗示布魯姆有誇張乃至虛構的嫌疑，從而提醒讀者不能照單全收。

這份名單相當重要，至少與莫莉的名譽有關。 1904 年 6 月

16 日星期四這天，布魯姆夫婦二人的相識者對她品頭論足，說了不少閒話，大都涉及她的肉感，她的性吸引力，把她渲染成放浪形骸的尤物，致使論者有的貶她「比婊子好不了多少」，有的公開懷疑從前布魯姆失業時她一度操過賤業。❸ 事實是莫莉對男女間之大欲僅僅時涉遐想，並未身體力行，所以這兩種看法都過分誇張，而原因則可能是受了這份名單的影響而誤入歧途。

6 早餐

通常早上總是布魯姆伺候太太在床上用膳，這天也不例外。夜間莫莉在內心獨白中卻抱怨他睡前倒行逆施，竟囑咐她次晨為他準備早飯，還指定要兩個雞蛋。

納布科夫最推崇的兩部小說是《安娜・卡列尼娜》和《尤利西斯》，並將後者奉為二十世紀四大小說之首。 1954 年他在美國康乃爾大學教書，有一學期末了講《尤利西斯》，最後一堂課他以愈來愈激越的腔調朗誦了小說終卷三頁，念完結尾 "yes I said yes I will Yes" 立即面色莊肅，對全班宣示： "Yes, Bloom next morning will get his breakfast in bed"（是的，第二天早上布魯姆會在床上吃到早飯），於此戛然而止，收起書來，步出教室（見 Boyd, 260）。（他的講稿後來結集出書，在這末句之前也曾鄭重斷言莫莉一定會遵命。） ❸

場面這樣戲劇化，自是令人感動，現在看來卻可能有美中不足之處。誠然，其他名家當中也頗有人同納氏一樣認定布魯姆曾作此要求， ❸ 艾爾曼認為他平日伺候太太根本心甘情願，這次的要求不過是由於實在太累，不足為怪； ❹ 燕卜蓀持同樣看法，並強調他本來就不怕太太。 ❹ 近些年來已先後有人指出莫莉很可能誤會了丈夫的意思。據肯納分析，前章結尾布魯姆回答莫莉問題時已昏昏欲睡，咕咕噥噥說：

> Going to a dark bed there was a square round Sinbad the Sailor roc's auk's egg in the night of the bed of all the auks of the rocs of Darkinbad the Brightdayler.（U17.2328-30）

　　這段話語無倫次，經莫莉斷章取義，只剩下 eggs ，bed ，brightday 等字眼，遂導致她片面的了解；她的內心獨白（第十八章）乍開頭就是 "Yes because he never did a thing like that before as ask to get his breakfast in bed with a couple of eggs"。肯納認為如果這個推論可以成立，那麼《尤利西斯》末章開頭時設了陷阱，而由此可以預期結尾也設有一個。他與大多數人（包括納布科夫）相反，覺得關於莫莉至終熱切「肯定生命」（Affirmation of Life）的看法也很可疑，引述喬伊斯的話說全書末了的 Yes 乃是為了描寫一個即將入睡女子的嘮叨而使用「我可能找到的最不強勁的字眼……這字眼講的時候幾乎不需要發聲，它意味的是默認，恣肆，放鬆，停止所有抗拒」。❷

　　莫莉既然相信布魯姆要求她伺候在床上用餐，那麼她會不會照辦？最初論者如吉伯特❸等都根據字面視為當然。納布科夫斷定她會，而也未詳細論證。莫莉在成寐前確曾想到她次晨可能起個大早，去市場看各色各樣的水果，然後回家做雞蛋，沏茶，服侍丈夫吃早飯。許多論者據此推斷她已決定這樣做，博伊爾進一步稱之為「高潮性決定」。❹晚至施華茲❺仍一再提到她會。但是問題在於她起先想「可能」（might）去市場，隨即改成 "Ill throw him up his eggs and tea in the moustachecup"（U18.1504-5）很肯定的語氣了。她對丈夫的「要求」耿耿於懷，既怨恚他膽大妄為，又考慮聽他的話。至於她是否會一改常態，做個馴順的妻子，則又當別論。嚴格說來，不但讀者無從知道莫莉會不會爲丈夫準備早餐，連她自己也反覆尋思，猶疑不決。歸根結柢，是作者有意安排，讓讀者百思不得其解。 *Finnegane Wake* 首章有這樣的話："there'll be iggs for the brekkers come to mournhim, sunny side up with care,"（*FW* 12.14-15）令人想起莫莉獨白開頭的那個片段和第七「句」中的 "then tea and toast for him buttered on both sides and newlaid eggs,"（*U*18.1243-4）恍若舊話重提。

7 字謎

《紅樓夢》現存原稿只有前八十回，且未必是定稿，所以頗殘缺不全，留下不少懸疑之處，其中如關於王熙鳳的判詞「一從二令三人木」假使當年全書順利脫稿，該不至成爲解不破的謎。但喬伊斯卻蓄意設下陷阱，提出啞謎，以便「讓教授們忙幾百年」。《尤利西斯》連初看簡單明瞭的隻詞片語再看時都可能變得錯綜複雜。第十章開頭 "The superior, the very reverend John Conmee S.J., reset his smooth watch in his interior pocket" 一目了然，但仔細推敲， superior 一詞就可以絆讀者一跤。它在這裏首先當然是名詞，即「耶穌會會長」，其次它也可以當形容詞用（與 interior 對照）：康米在教會中職位「崇高」，自視也「甚高」。 reset 乍看像是「調整時間」，緊接著 "in his interior pocket" 卻顯示原來是他把錶「放回」內兜。同章寫麥吉尼斯太太： "A fine carriage she had"（*U*10.65），彷彿在說她有輛上好馬車，看下文則可發現 carriage 乃是她走路時的體態。❹❻

第十四章結尾斯蒂芬和一群醫科學生去一家酒館，臨打烊時老闆宣布："Time all. There's eleven of them. Get ye gone." 布萊邁斯（Blamires）釋 eleven 為在場的酒客人數，經人指出該是指十一點鐘，他卻仍堅持己見，拒作修正。**❹**

　　莫莉在內心獨白快結束前想到夜間兩點這種「荒唐的時候」不會有人去打攪修女們的睡眠，"except an odd priest or two for his night office"（*U*18.1543），這 odd 就透著「古怪」，修士做的 night office（夜課）也語意含混，彷彿機帶雙敲。尤其莫莉凡事愛往男女之事上硬套，很可能把修女和修士也胡亂聯想起來。**❸**

　　早上布魯姆去郵局取到通信女友瑪莎的信，說他上次去信中有個詞她不懂："I called you naughty boy because I do not like that other world. Please tell me what is the real meaning of that word?"（*U*5.244-46；她把第一個 word 誤打成 world。）此後布魯姆屢屢想起這個片段，但始終沒有交代這是個什麼詞，我們只知道是猥褻字眼。第十三章結尾前布魯姆想用樹枝在沙灘上留一句話，希望格蒂明天再來時還能辨識。他畫了 I. AM. A.，沒有空間續下去，只好打住，並以腳踏平字跡。A 後面該是什麼字眼？喬學家們猜了幾十年，提出的揣測包括：⑴ man；⑵ lover；⑶ cuckold；⑷ fool；⑸ masochist；⑹ voyeur；⑺（a）lone；⑻ naughty boy；⑼ A（lpha）。一如王熙鳳的判詞，這個謎的底永遠無法揭曉。書裏有些字眼與英文詞毫無二致，實際上卻是愛爾蘭方言，遂無形中變成字謎，令人不解。第十一章五次提到奧蒙德旅館那個 bothered 跑堂，這個詞《牛津英語詞典》收了，說原為愛爾蘭詞 bodher，指耳聾；最早使用此詞者為愛爾蘭作家謝里頓（Sheridon），斯威夫特（Swift）和斯特恩（Sterne）等人。除此以外，這個定義不但一般詞典，連帕特里奇（Partridge）收羅極全的巨著《英語俚語及非傳統詞典》（*A Dictionary of Slang and*

Unconventional English）都付諸闕如，《尤利西斯》的讀者只好去
查有關的喬學專書。

　　布魯姆年輕時一個情人出嫁後成為布林太太，這天下午二人
在街上邂逅，她從口袋取出丈夫剛收到的一張匿名郵卡給布魯姆
看：

　　── What is it? Mr. Bloom asked, taking the card. U.P.?
　　── U.P.: up, she said. Someone taking a rise out of him.
　　　　（*U*8.257-8）❹

從這對話看來，可以說布魯姆只念到 "U.P."（Gabler 版 "P" 全
改為小寫，不加句號），布林太太迫不及待立即補充了 up，也可
以說是她所加的解釋，這樣，內容就只有 U.P.兩個字母。二人分
手以後，布魯姆想起來時成為 U.p: up（*U*8.320），並立即斷定匿
名者為阿爾夫·伯根或里奇·古爾丁。（見 *U*8.320-1）。第十二章
在酒館裏伯根看到布林夫婦正從門前經過提起 U.p: up，樂不可支
（見 *U*12.249-79）；不久新聞記者喬·漢因斯公開質問伯根這卡片
是否出自他的手筆，他當然矢口否認（見 *U*12.1038-40）。

　　許多論者也認為信上寫的是 U.p: up。❺但是自海曼（Hayman）
開始，有人提出異議，強調卡上只有 U.p 而無 up。❺由上面所引
中片段的例證看來，布魯姆與布林太太作別後固然可以說是受了
她的影響而 U.p: up 一起聯想，但既然他和漢因斯都認為郵卡是伯
根搞的鬼，而伯根兩次提到都作 U.p: up（另一次見 *U*15.485），我
們總不能說他也受了布林太太的影響。所以這個問題也非常複
雜，目前不妨存疑，至少不宜遽下結論。

　　隨這個問題產生了另外一個同樣重要，同樣複雜的問題，就

是 U.p: up 也好，U.p 也好，發信者到底是什麼意思？（假定不是沒有任何意思）書裏歐莫洛依說是暗射布林精神失常："It implies that he is not *compos mentis*. U.p: up"（*U*12.1043-4）雖信口開河，仍可聊備一說。亞當斯（Adams）提出五種可能解答：⑴ you urinate（你撒尿——意指是草包，不中用）；⑵暗示他把手指放進肛門；⑶他無法再 get it U.P. up（患陽痿）；⑷ the jig is U.P. up"（把戲已拆穿——意存敲詐）；⑸一切都 U.P. up（完蛋——預言他要死了）。❷其他喬學家們也都或者認為與性器官有關，是指布林性無能，或者認為意指小便："You pee, up"。同樣眾說紛紜，莫衷一是。❸

　　《尤利西斯》另外有 up 與男子性器官相關的片段。如第五章布魯姆向麥考伊提到莫莉即將外出巡迴演唱；後者問："Who's getting it up?"（*U* 5.153）第八章布魯姆告訴大鼻子弗林同一消息時後者也這樣問（見 *U* 8.773）。二處都隱射博伊蘭同莫莉通奸的事。 get（it）up 指男子勃起或與女子性交。❹

8 "word known to all men"

　　上午斯蒂芬教完書，領到薪金，搭車去九英里外的海濱，一邊漫步一邊陷入冥思遐想，腦海中忽然泛出這樣一個問題："What is that word known to all men?"（人人知道的那個詞是什麼—— *U* 3.445）。第十五章斯蒂芬在幻境中拿這個問題向母親請教，1984 年以前各版都未提到答案，像 "man in the brown macintosh" 一樣成了難解的謎。

　　論者就謎底提出截然不同的推測。艾爾曼說是 Love ❺（事實上在他之前已有人這樣猜過 ❻）。但肯納卻說可能是 death 。❼

艾、肯皆為喬學權威，各有重大貢獻，這個歧見當然極受注意。

及至加布勒（Gabler）的所謂「訂正本」（Corrected Text）問世，在第九章加插了一個片段，包括 "Do you know what you are talking about? Love, yes. Word known to all men"（見 *U* 9.429-30）。起初大家都欣然接受，艾爾曼特別興奮，立即據以點名揭肯納之短。❸ 面對白紙黑字，肯納只好打退堂鼓，並在其專著 *Ulysses*1987 年新版中作了修訂。艾爾曼於同年逝世，其實生前他也打了退堂鼓，為文聲明儘管答案該是 love 而非 death，但既然喬伊斯最後決定隱而不露（見下），那就不應越俎代庖再放進去。一詞之差，後來卻餘波蕩漾，繼續惹起論爭；艾爾曼和肯納未積極參與，而是一些年輕學者各從正反兩面發言。例如《喬伊斯季刊》（*James Joyce Quarterly*）第 33 卷第四期（1996）有一人替肯納辯護；第 36 卷第四期（1999）則有兩篇文字支持艾爾曼。

加布勒所作決定的根據是小說一個較晚的打字清稿；他認為是打字員漏打了上述那個片段，不是喬伊斯主動刪除或看清稿時被動認可的結果。這樣推斷乍看彷彿有理，無奈需要具體證據，而他拿不出來。何況第九章既已如此明確地揭露了答案，為什麼到第十五章又提出同樣的問題？從喬伊斯的創作技巧和書裏種種內證看來，不正面作答顯然比較合理；喬伊斯至終把該片段刪除該就是基於這種考慮。他生前屢屢同友人口頭或書面詳細談論《尤利西斯》，而從未提過這事，也沒有人向他問起；他的知交吉伯特（Gilbert）和勃金（Budgen）在兩本最早討論《尤利西斯》的專著中也隻字未及；想必大家都視為當然，沒有必要節外生枝。加布勒自己以為是一大發現，實則畫蛇添足，弄巧成拙。（他的新版最初被視為標準本，但漏洞太多，立即惹起很大爭議。他雖然也算是喬學家，無奈英文連基本修養都有問題，理解錯誤乃意料中事。❺他的編輯方式也頗為人非議。）

　　除 love 和 death 以外，竟有人鄭重其事發表專文宣稱答案該是 synteresis（或 synderesis）。❻作者引了《牛津英語詞典》（*Oxford English Dictionary*）所下三個定義，認為適用者是「內疚，悔恨」。但這個冷僻詞連《英漢大詞典》（有台灣版）都沒有收，難怪要被艾爾曼嘲為「恰好不是人人知道的詞」（the one word unknown to all men）。❻

9 結語

　　不管納布科夫如何否認，在小說藝術方面他很接近喬伊斯卻是不爭的事實，他的言論也往往可以借來替喬伊斯作註腳。納氏相信最偉大的藝術必然極其「狡詐複雜」（deceitful and complex），所有藝術「都是欺騙」，並自承他酷愛「製作謎語和高尚的謎底」。納對《尤利西斯》推崇備至，稱之為「神品」（a divine work of art），特別頌揚其「崇高的創造性和獨特的明析性」（noble originality and unique lucidity）。在他看來，這部「最明析的小說」中並沒有很多謎。❻對於他這樣愛謎成癖者可能是如此，反過來說，他對《尤利西斯》某些謎所作的破解未必正確──喬伊斯哪會讓別人（包括納布科夫在內）輕易看穿他的謎底。❻ 比喬伊斯晚生一年的卡夫卡也有這種傾向。有一專家指出他在中短篇小說中往往玩弄半隱秘的遊戲（semiprivate games）。他不但執意要使讀者一頭霧水，而喜歡惡作劇，埋下一些看似可信的線索，其實絲毫無補於破謎。❻

　　其實在這方面喬伊斯（以及納布科夫）並非前無古人，歷史上是有先例的；莎士比亞不透露馬克白（Macbeth）夫人是否有子

女便是有名的一個。以字謎而言，中國春秋時期著名訟師鄧析面
對法令能夠咬文嚼字，斷章取義，「以是為非，以非為是」。在他
看來，語言是多義的，大可用來作種種不同乃至相反的解說。如
果他生在二十世紀，喬伊斯該會引為同志，解構主義喬學研究者
該會奉為導師。唐朝又有所謂「澀體」，徐彥伯的文章號稱「徐澀
體」，但最紆僻晦澀的莫過於樊宗師。《四庫全書簡明目錄》說他
的《絳守居園池記》「詰屈殆難句讀，故好奇者遞為箋注，然得其
本意與否，則始終未可知。以相傳已久，譬如古器銘識，雖鳥跡
蝌文，不可辨識，而不能不謂之舊物，賞鑑家亦存而不棄耳。」
❻樊著我未見過，猜想比喬著要容易懂得多了。《尤利西斯》對
小說所作的巨大貢獻有目共睹，但即使僅靠其中的廋辭——即隱
語，即謎——也該可以如喬伊斯所期望的那樣，如《絳守居園池
記》那樣，不斷的有人為之箋注，從而流傳下去的吧。

註釋

❶ Ellmann, *James Joyce*, 608.

❷ 見 Tindall, *Reader's Guide to James Joyce*, 13.

❸ Ellmann, *ibid.*, 521.

❹ 見 Potts, 56.

❺ 眾說紛紜，例如見 Litz, 231; Ellmann, *Ulysses on the Liffey*, 158-9; Osteen 421;Gray 238-9 。

❻ 見 Gilbert, *James Joyce's Ulysses*, 26, 230, 278 。

❼ 見 Kain, *Fabulous Voyager*, 127.但該書頁 284 卻又說是買的，想是修訂時未注意到。

❽ 例如 Fargnoli and Gillespie, 230 。

❾ 見 Kain, *op.cit.*, 284; Kenner "*Ulysses*", 105 。另外參看 Gunn 和

Hart, 84（也推論為 4 ： 30）。。

❿ 見 Hart, 188 。

⓫ 例如見 Gilbert, *James Joyce's Ulysses*, 98: Benstock, *James Joyce*,12; Blamires, 1; Fargnoli and Gillespie, 144. Ellmann 提到 Gogarty 後來禮讓地說當年 Martello Tower 是喬伊斯──如同斯蒂芬──租賃並付租金的，但正式記錄卻顯示租賃者是 Gogarty，並由他每年交租金八英鎊。這表示 Ellmann 和 Gogarty 也持同樣看法。見 Ellmann, *James Joyce*, 172 。

⓬ 見 Kenner, *Ulysses*, 55-6; Thomas, 158. Sultan, *Eliot, Joyce*, ...287; Osteen, 41-2 。

⓭ 特別是 Sultan, 280-2. Sultan 指出 1961 年蘭登版這兩句話中間誤用逗點， 1981 年蘭登新出的加布勒版已改為句號。

⓮ 見 Chronicle, 97； "On the Chronology of the Blooms," *JJQ*, XIV: 4(Summer, 1977), 402 。

⓯ 例如見 *U*7.633; 17.447-8.參看 Raleigh, *Chronicle*, 97; Gifford,41 。

⓰ *U*4.340.金譯見頁 176 ；蕭、文譯見頁 186 。

⓱ 關於瑪莎的「正身」，可參看 Begnal ， *JJQ*, XIII: 4 (Summer, 1976),400-6 。

⓲ 例如參看 Herring, 101; Raleigh, *Chronicle* 6, 78-80; Gifford, 620. 1995 年 Pléiade 法文新版 *Ulysse* 有詳注，見頁 1167-8 。

⓳ 見 Ellmann, *James Joyce*, 46n 。

⓴ 英國作家兼喬伊斯專家柏吉斯在直布羅陀當過一年兵，他認為莫莉父親的官階和婚姻都不符合該地當時的實際情況，因此很難令人置信。見 Burgess, *Joyceprick*, 33 。

㉑ 見 Adams, *Surface and Symbol*, 107n 。

㉒ 見 Benstock and Benstock, 28, 66 。

㉓ 關於這兩個人名指哪六個漢字，可以有種種不同的說法。參看

Gifford,365; Benstock and Benstock, 66, 97 ；金譯本， 722 ；蕭、文譯本， 798 。

❷ 見 Raleigh, *Chronicle*, 146 。

❷ 參看 Daniel Ferrer, in Benstock *The Augmented Ninth*, 150-1 。

❷ 「公民」這個人物有其原型，見 Ellmann, *James Joyce*, 61 。

❷ 見 Nabokov, 342 。納布科夫同喬伊斯一樣愛謎成癖，這裏卻顯得過分拘泥。事實上莎士比亞筆下已出現過類似的「無名氏」。 *King Henry IV, Part I* 二幕三場開頭 Hotspur 出場念一貴族回絕加入叛軍的來信，讀了其中一句遁詞氣得連用五次 he 和一次 his 加以駁斥。這「他」到底是誰全劇從頭到尾沒有任何交代，有些莎學家逐索隱發微，硬要「驗明正身」。有的論者則指出這樣捕風捉影沒有意義，莎翁不具體單指某一人，正是要暗示不止一人。參看 Arden 版（1966）， 50n 。另外一個更早更有名的例子見《聖經‧新約‧馬可福音》第十四章：耶穌被捕時有個身披麻布的青年忽然出現，隨即赤身遁逃；神出鬼沒，沒有提到他的名字，也沒有人知道他是什麼人。

❷ 見 Tindall, *Reader's Guide to FW*, 138 。

❷ Nabokov, 320 。 1965 年在一次談話中 Nabokov 沾沾自喜地說教書時有一次給一個學生打了 C⁻或 D⁺（相當於 60 分──勉強及格），原因之一是他「竟不知道 the man in the brown mackintosh 是誰」。（*Strong Opinions*. N. Y.: Vintage, 1990, pp. 55-6）Nabokov 的看法既非獨特之見，論者也盡可提出其他觀點，而他居然這樣打成績，足見剛愎武斷到何種程度。

❸ 詳見 Thomas, 69-74, 112-23, 140-1 。湯瑪斯未提納布科夫的推斷，但引了若干其他論者的看法。

❸ 除 Thomas 外，見 Gilbert, *James Jonce's Ulysses*, 170-3; Crossman1 35-6; Lyons, 133-8; R. M. Adams, in Hart and Hayman, 102-4; Gunn and Hart, 78-90 。當代英國大批評家 Frank Kermode 則把這個怪客同上面註 ㉗ 所說《馬可福音》第十四章耶穌被捕時那曇花一現的神祕青年相提並論。見 "The Man in the Macintosh", in *Pieces of My Mind* (N. Y.: Farrar, Straus and Giroux, 2003), 119-42.

㉜ 見頁 122 。

㉝ 見頁 195 。

㉞ 見 *James Joyce*, 377 。

㉟ 見 Raleigh, *Chronicle*, 167, 173-4 。

㊱ 見 Kenner, *Ulysses*, 144-5 。據一位專家推論，卡夫卡名文〈給父親的信〉所列舉父親對他的一長串不公平待遇中有些是無中生有硬造出來的。見 Frederick Crews, "Kafka Up Close," *The New York Review of Books*, Vol. LII, No. 2. Feb. 10, 2005, P.4 和 n3 引 Malcolm Pasley 文。

㊲ 見 Hodgart, 128; Raleight, *op.cit*.) 166-7 。

㊳ 從 Gilhert (*James Joyce's Ulysses*, 394)開始，直到 Schwarz(266)，始終有人持同樣看法。 Tindall（*Reader's Guide*, 221）甚至鄭重宣稱這是 Bloom 對 Molly 的勝利（triumph）。

㊴ 例如見 Wilson, 201 。

㊵ 見 Ellmann, *Ulysses on the Liffey*, 160-1 。

㊶ 見 Empson, "The Theme of *Ulysses*," in Magalaner, 3rd Series, 138 。

㊷ Kenner, *Ulysses*, 146-7 。

㊸ 見 Gilbert, *James Joyce's Ulysses*, 394

㊹ Boyle, 429-30 。

㊺ 見 Schuarz, 260 。

㊻ 參看 Hart, in Hart and Hayman, 190, 196 。

㊼ 見 Blamires, 165; Kenner, *op.cit*.) 19-20 。

❹ 參看 Ma Angeles Conde-Parrilla, "James Joyce's *Ulysses*: The Obscene Nature of Molly's Soliloquy and Two Spanish Translations", *JJQ*, 33: 2（Winter 1996）, 228。

❹ 見金譯本, 363；蕭、文譯本, 396。

❺ 如 Budgen, *The Making of James Joyce's Ulysses*, 157; Adams, *Surface and Symbol*, 192。

❺ 見 Hayman, 54, 並參看 Schwartz, 200: McCarthy, 66; Fargnoli and Gillespie,17, 24, 133。

❺ Adams, *op.cit.* 192。

❺ Gifford 引了數種不同的推論, 見 P. 163。

❺ 參看 Eric Partridge, *A Dictionary of Slang and Unconvential English*, 6th Edition（N.Y.: Macmillan 1967）, 326

❺ 見 Ellmann, *Ulysses on the Liffey*, 147。

❺ 參看 Gray, 231。

❺ 見 Kenner, Ulysses, 129。

❺ 見 Ellmann, "The Big Word in Ulysses", *New York Review of Books*,Oct. 25, 1984, P. 30。

❺ 艾爾曼為加布勒新版寫了熱烈捧場的序, 私底下卻很有保留。他在一封信中曾兩次指出加布勒的英文不夠地道, 缺少習慣駕馭能力（native command of English）, 從而損及新版的可靠程度。見 Arnold, 202。

❻ 見 Thomas Sawyer, "Stephen's Dedalus' Word", *JJQ*, XX: 2（Winter1983）, 201-8。

❻ Ellmann, "Preface", *Ulysses: The Corrected Text* (N.Y.: Random House, 1986), Xii。

❻ 見 Nabokov, 71, 102-3, 33, 11, 16。

❻ 關於《尤利西斯》中許多無法解答的謎, 可參看 Gunn and Hart,

77-9, 87-8

❻ 見 Crews, *op. cit.*, p.4 和 n4 引 Peter Hutchinson 文。

❻ 上海古籍出版社， 1985 。 599-600 。

釋　義

1 作者姓名考

　　十一世紀法國的諾曼人（Normans）征服英格蘭，與當地人通婚，定居下來。據說 Joyce 原出法國名字 Joie（英文 joy：愉悅）；形容詞陽性為 joyeux，陰性為 joyeuse；de Joyeuse 是很老的法國姓氏。十二世紀這個姓氏傳入愛爾蘭，到喬伊斯出生時 Joyce 早已成為普通的愛爾蘭姓氏了。另外也有人說 Joyce 源出拉丁文 jocax，意思也是愉悅。

　　喬伊斯出生後的名字 James Augustine 是他歷代祖先屢屢用過的。他們是天主教家庭，行堅信禮（confirmaiton）時他選的聖名（saint's name）是 Aloysius，原出義大利耶穌會教士 Aloysius Gonzaga（1568-91），這位聖者以貞潔著名，至於不但拒絕擁抱生母，甚且避免正眼看她。二十三歲因照顧瘟疫患者而染病殉道。A Portrait of the Artist as a Young Man 中 Stephen Dedalus 就讀的天主教學校（也是喬伊斯的母校）的守護神（patron saint）就是他，書裏有五次直接間接提到。《尤利西斯》第十二章的聖者名單中有他在內。第十七章說下星期二（6 月 21 日）是他的宗教節目。喬伊斯 1920 年 2 月在一封信裏提到 "my patron S. Aloysius"。

　　《尤利西斯》中 Aloysius 出現六次，Augustine 三次，James 多達三十三次。小說近結尾處莫莉內心所喊 O Jamesy 可能是 O

Jesus 的委婉形式，但更可能是在向她的創造者發出呼籲——喬伊斯自己進入書裏去了。小說從頭到尾沒有出現過 Joyce 。

喬伊斯通常叫 James Joyce ，比較正式時叫 James Augustine Joyce ，全稱則作 James Augustine Aloysius Joyce （也有人把中間二者倒置）。

2 小說標題

喬伊斯筆下人物——尤其主角——的名字大都有其寓意，並非隨意起的。 Bloom 和 Dedalus 顯而易見屬於這種情況。至於布魯姆的原型，則是荷馬二史詩中英雄 Odysseus 。這個希臘名字有種種不同拼法；拉丁文根據方言形式稱爲 Ulixes ，又以訛傳訛，先在 Ul 之後綴以希臘文 ysseus ，最後變成 Ulysses ，沿襲至今，希臘原名反而比較少見了。喬伊斯用 Ulysses 而不用 Odysseus 就是基於這個理由，像在他之前的蘭姆（Lamb）和丁尼生（Tennyson）等人。

《奧德賽》第十九章說 Odysseus 誕生後外祖父去 Ithaca 看他；鑑於自己平生樹敵很多，爲他取了這個名字，意思是「被仇視者」（有人譯爲「仇視者」，似不妥）。據但丁，此詞乃由 Outis 和 Zeus 合組而成；前者指「沒有人」或「無足輕重的人」，相當於英文 nobody ，後者（宙斯）則指神祇。作爲猶太人和廣告推銷員，布魯姆在都柏林當然無足輕重；神祇的一面則來自他的人性（humanity），他對芸芸眾生的廣大的同情心。 ❶ 喬伊斯童年讀蘭姆的 *The Adventures of Ulysses* 而開始偏愛這位神話英雄，指出他身兼兒子，父親，丈夫，情人，戰友，君主，逃避兵役者，參戰後堅持取勝者；他是歐洲第一位溫雅紳士，也是坦克車（指木馬）

的發明者；是一個「全人」（complete man），一個「好人」（good man）。❷

　　Ulysses 一詞整部小說只提到四次：斯蒂芬在圖書館談莎士比亞時稱古希臘政治家 Pericles（亦莎氏劇名）為「另一個 Ulysses」；（第九章）斯蒂芬並指出莎劇 Troilus and Cressida 把時間弄錯，讓 Ulysses 引亞里斯多德的話。（斯蒂芬也弄錯，那個人物該是 Hector 。）另外兩次提到的並非 Ulysses 本人，Ulysses Grant（第十八章）為美國內戰名將，後任總統；Ulysses Brown（第十二章）則是酒館中那「公民」把兩個歷史人物的姓氏混淆的結果。第十七章開頭說愛爾蘭守護神 St. Patrick 的曾祖父相傳叫 Odyssus ，可能指 Odysseus 。 ❸但 Odysseus 這個字眼從未在書裏出現。布魯姆的藏書中也沒有荷馬史詩。（第十七章）Finnegans Wake 中 Ulysses 倒以文字遊戲的變相形式出現至少五次。

3　街名

　　喬伊斯有個友人注意到他感覺興趣的不是地方和事物本身，而是它們的名稱。有一次二人在瑞士坐火車，半盲的喬伊斯躺在一排位子上，要這友人拿著火車時間表，每到一站把站名念給他聽。 ❹

　　作者對地名這樣注重，讀者當然不能等閒視之，譯者更須審慎對待。西方語文大都可以原名照搬，漢文卻產生音譯抑意譯的問題，常常難以抉擇。

　　布魯姆所住的 Eccles Street 街名不難查出來自十八世紀當地一家望族的姓氏，可逕直依發音翻譯。有的卻不這麼簡單，例如 Mary's Abbey 原指修道院，又轉而成為其所在街道的名稱。第十章第八節首次提到時指修道院，第二次則指街道，金譯作修道院，誤：Gunn 和 Hart（頁 118）特別指出是指街道而不是指修道院。第六章開頭布魯姆等乘馬車去公墓途中，坐在裏面的人問是沿什麼路走，靠邊坐的一位回答說："Irishtown...... Ringsend, Brunswick street"。Irishtown 是都柏林市區之一，也是該區一條大街的名稱。從上下文看這裏該指後者；馬車由這條大街下去，轉彎上 Ringsend Road，過一段改稱 Great Brunswick Street，最後右轉，越利菲河，沿 O'Connell 等街（也是同一條街改為另一名稱）到達公墓。金譯「愛爾蘭鎮」，蕭、文譯「愛爾蘭區」，皆誤，因為車上都是土生土長的居民，他們應已知道到了這個很大的市區。理解為街道較妥。

第三章開頭不久寫上午斯蒂芬教完書離開學校，原想去探望姑母，但一邊走一邊胡思亂想，錯過她家。他決定不再折返，繼續走向 the Pigeonhouse。這個地方已見於 *Dubliners* 中 "An Encounter" 篇。Pigeon 來自 Pidgeon，與鴿子無關。這建築物原是十八世紀初都柏林港務局的倉庫兼哨房，其後用來稱呼這房屋或屬於發電廠的一所房屋。當初擔任倉庫管理員者姓 Pidgeon，他把房舍所在地發展成生意興隆的高級客棧；遂被稱為 Pidgeon House，再訛成 Pigeon house 而沿襲下來。❺ 兩種漢譯皆作「鴿（子）樓」。吉福德（Gifford，頁 52）的解說未提這個典故，而且牽強附會，不得要領。法譯本 1995 年 Pléiade 版則誤稱 Mr. Pidgeon 為 Mr. Pigeon.

有些街名連當地人都未必了然，我查過資料徒勞無功之後曾請教過一位都柏林長大的喬伊斯研究者，他也搖頭。

4　浴場：　"fortyfoot hole"

吃過早飯，斯蒂芬等三人去 fortyfoot hole，（第一章）即使附近的居民只怕也不知道這個地方爲什麼如此稱呼；吉福德 1988 年的增訂版仍然只說是海濱浴場，而小說前後文已這樣提示，所以等於沒有解釋，前些年這個隱晦名稱曾引發兩種漢文本譯者間的論爭。

但早在 1962 年 Mervyn Wall 已出過一本專書 *Forty Foot Gentlemen Only*，考出其原委是當年英國占領期間該地駐軍有 Fortieth Foot Regiment（第四十步兵團）。該團官兵經常在此處海邊突然探出的三角形小港灣游泳，加以整修，遂被稱爲 The Fortieth Foot Regiment Hole 或 The Forty Foot Gentlemen's Bathing Place。 Forty Foot Hole 外人已經莫名其妙，到了喬伊斯筆下，大寫改成小寫，當然更使讀者一頭霧水。（第十二章——*U*12.1459——提到的 Curley's Hole 指另一海水浴場，在都柏林市郊東北。這卻是不善游泳者的危險去處。）

1988 年 Robert Nicholson 所著 *The Ulysses Guide: Tours Through Joyce's Dublin* 中引述過 Wall 的解說（見頁 7-8， 140）。法文譯本 Pléiade 新版作了同樣的注釋（見頁 1077）。

這小水灣（creek）闢爲浴場之初，進口處標明只限男子使用（FORTYFOOT GENTLEMEN ONLY），直到二十世紀中葉仍然如此。海水一年四季都很涼，但泳者通常全裸。近幾十年此處日益受大眾歡迎，吸引不少女子也來光顧；她們大都穿泳衣，男子則仍有很多全裸者，尤其早上九時以前。參看 Gunn and Hart，頁 110。照片見 Delaney，頁 20。 Foot 從十六世紀（如莎士比亞）開始就指 regiment of foot（步兵團）。參看 *Oxford English*

Dictionary "foot" 條。

5 公園：Phoenix Park

同 Pigeon House 的情況一樣，都柏林著名公園 Phoenix Park 與 phoenix 其實也風馬牛不相關連，原先愛爾蘭語叫做 Fionn Uisce（發音 feenisk），意思是清泉，泉在當前公園內離動物園不遠處，水澈見底，景色秀麗。英國統治時期將其發音訛成 Phoenix。 1745 年任總督者爲英國文學史上名人 Lord Chesterfield，他在園內立一紀念碑，並將錯就錯，籌建了 Phoenix Pillar。終於喧賓奪主，連都柏林人都普遍認爲公園的名字源出這紀念柱了。這種現象並不止此。有本史書把 Finisk 河叫作 Phoenix；有個 Phoenixtown 愛爾蘭語本爲 Baile-nabhfionnog，意思是冠鴉（scaldcrow）村，不知怎麼一來也被改成英文稱呼了。 ❻

1882 年（喬伊斯誕生那年）發生了 Phoenix Park Murders。《尤利西斯》多次提到公園和暗殺案（見第五、七和十六各章；但有兩次被其中人物誤爲 1881 年）。 *Finnegans Wake* 也多次提到這個公園，並以 phoenix 作爲復活這一主題的象徵。

西方神話中的 phoenix 漢譯「長生鳥」或「不死鳥」比較貼切，牠與中國的鳳凰不宜混爲一談。但相沿成習，二漢文本都譯「鳳凰公園」，看來也只好如此。

6 Trivia（雞毛蒜皮）

《尤利西斯》一個惹眼的特色是充滿瑣屑的細枝末節，英文所謂 trivia。喬伊斯自稱這部小說是「一種百科全書」。他根據當地的年鑑和舊報紙抄人名、店名、街名和門牌號碼等等，把 1904 年 6 月 16 日這天市民的活動詳情「全錄」進書裏，要給都柏林繪一工筆畫，「立此存照」；有朝一日如果該市毀爲廢墟，可以按圖索驥，依照小說重建如舊。舉例爲證：第十七章斯蒂芬離開以後布魯姆在家裏東翻西看，作者趁此機會把他書架上的書，衣櫥每一架上的物件，客廳裏的家具和擺設，廚房餐具櫃兩個上鎖的抽屜裏所藏珍品秘件，褲子吊襪帶上的鈕扣，當天收支帳目，❼……等等不厭其詳逐一列舉；上午布魯姆與幾個相識者坐馬車從都柏林郊外東南靠海的亡友蒂格納姆家穿過市區，前往西北部的公墓參加葬禮，沿途經過的街道、教堂和飯館的名稱以及談到的各種新聞（第六章）大都可以在 *Thom's Official Directory* 和那幾天當地報上查到。*Thom's* 是都柏林市區的詳盡指南，創作期間喬伊斯把 1904 年版放在身邊隨時參考。❽小說第十七章所列布魯姆藏書中第一本就是該指南 1886 年版。

　　乍看起來，這些細枝末節隨隨便便，彷彿無關宏旨，讀者甚至如墜五里霧中，感到不耐煩。出版之初頗遭非議，連威爾遜都抱怨如第五章所提的各種花不可能有什麼「價值」，❾這位大批評家是最早發現喬伊斯的人之一，或許由於爲時太早，他未能領悟採用這種技巧的出發點，情有可原，不必苛求。威爾遜談到喬伊斯所用「夢的語言」(the language of dreams)頗似卡洛爾(Louis Carroll)，❿但未提其實後者在詩文中也已先著重利用 trivia，寫作過程中也是隨時記下各種各樣瑣屑細節，積多了動筆加工。卡洛爾爲《塞爾薇與布魯諾》(*Sylvie and Bruno*)所寫前言戲稱這些資料(literature)是「雜料」（litterature － litter 指一堆雜亂的東西）。

　　喬伊斯寫作──尤其重寫──過程中慣常作的功夫是擴充和增補，而注重於添加細節，有時太過分了當然難免予人以駁雜之感;他提出的解釋也未必有說服力。例如他撰 *Finnegans Wake* 第一卷第八章（Anna Livia Plurabelle）期間遍查世界各國地圖找到近一千條河流的名字寫了進去,受到抨擊,他聲辯說將來如果在邊遠的西藏或索馬里蘭（Somaliland）有小孩子讀這片段時會欣然發現自己家鄉的河也在裏面。❶

美國另一批評家肯納逕稱《尤利西斯》的作者耽於細枝末節（Joyce is all trivia）。❷喬伊斯生前常有人拿 trivia 這個字眼當面提出質疑,他聽得不耐煩了,有一次怫然答道:「不錯。我用的手法有時候是 trivial ── 有時候是 quadrivial。」❸ quadrivium（多數形式 quadrivia）原義是四岔口。古希臘教師（包括柏拉圖）授課內容分四種:天文、幾何、算術和音樂。中世紀羅馬哲人兼政治家波提烏(Boethius)開始用這個詞涵蓋所謂「七藝」(seven liberal arts)中高級的後四藝。前三藝即 Trivium,含語法、修辭和邏輯,屬於初級。在十一和十二世紀最受重視,漸漸邏輯獨佔上風,十三世紀語法和修辭不再教了。這樣,文學表達日益遭貶,到十六世紀有人第一次以貶義使用 trivial 這個形容詞（細枝末節;無關宏旨）。英文 trivia 早已當作單數使用。

7 Bloomsday

喬伊斯非常迷信,對於各種節日重視得近乎過分,尤其是誕辰和周年紀念。《尤利西斯》和 *Finnegans Wake* 初出時都是應他要求趕印在生日那天送貨到門,藉以慶祝。

《尤利西斯》的情節發生在 1904 年 6 月 14 日星期四從早上八點到夜裏兩點多共約十八小時半之內。（據喬伊斯創作過程中隨時參考的 *Thom's Official Dublin Directory*,這天都柏林太陽 3 時

33 分升起，8 時 27 分降落。——當地時間比格林威治標準時間晚 25 分。）以七百多頁篇幅寫一天的事，在世界文學史是空前未有的創舉。

　　爲什麼挑這一天呢？喬伊斯生前曾有人問過，他避而未答。不久研究者發現是因爲這天他和娜拉在都柏林首次約會定情。日子未必可靠，或許喬伊斯誤記；但這以第一男主角命名的 Bloomsday 後來成爲小說忠實讀者每年慶祝的節日，種種活動連大眾媒體也會報導。

　　小說中有六次提到當天是 6 月 16 日。第八章近結尾布魯姆在街上想到「今天是十六號」。第十章第七節博伊蘭的女秘書開始打一封信：“16 June 1904”。第十七章布魯姆記當天收支帳目也先這樣寫當天的日子。

　　然而書裏從未出現 Bloomsday 這個字眼。不但如此，首次使用者也並非喬伊斯本人而是一些如癡如醉的讀者，他繼起響應、鼓勵。1924 年 6 月 27 日致魏佛（Harriet Weaver）女士信裏欣然報告：「這兒有一群人慶祝他們所謂的 Bloom's day —— 6 月 16 日。」1929 年 5 月 28 日給她寫信提到巴黎女書商莫尼埃 (Andrienne Monnier) 在安排去鄉下野餐，「慶祝 Bloomsday 和法文本 *Ulysses*。」Bloom's day 已變成專有名詞 Bloomsday 了。這就是 6 月 27 日在凡爾賽近郊一旅館舉行的 Déjeuner *Ulysse*。席間除喬伊斯一家四口以外還有梵樂希 (Paul Valery) 和貝克特 (Samuel Beckett) 等文壇已經或尚未成名之士。喬伊斯友人吉伯特 (Stuart Gilbert) 所寫《尤利西斯》第一本專論於 1930 年出版，談第四章時首先亦莊亦諧地指出「有些人主張修改日曆，」把 1904 年 6 月 16 日稱爲 Bloomsday。❹

　　喬伊斯死後，1954 年布魯姆日五十周年那天由深受喬伊斯影響的愛爾蘭小說家奧布萊恩(Flann O'Brien)發動隆重而喧鬧的慶祝節目。 1964 年有人把小說改編爲舞台劇，題曰 Bloomsday，於 6 月 10 日在英國電視台上演。 1982 年都柏林方面請了欽慕喬伊斯的阿根廷文豪博赫斯(J. L. Borges)前往參加。接待人員把這位八十多歲聾瞍安置在旅館裏未再置理，讓他大半天枯守空房。今年正逢一百周年，各地不消說舉辦了勝過往年的活動。（Bloomsday 聲名之隆，另有一事可以爲證：倫敦的 Chelsea Press 已把 1904 年 6 月 16 日那天的報紙 *The Freeman's Journal* 影印出書。）

　　1989 年新版《牛津英語詞典》(*Oxford English Dictionary*)收了許多與喬伊斯有關的新詞，包括 Joycean，卻未收 Bloomsday 這個已普遍爲人知道的字眼，不能不說是個漏洞。（關於這個話題，另可參看拙著《文學風流‧布魯姆日》。）

註釋

❶ 參看 Ellmann, *James Joyce*, 362 。

❷ 見 Budgen, 15-7 。

❸ 見 Gifford, 567 。

❹ Potts, 236-7 。

❺ 見 Nicholson, 19 。

❻ 見 Joyce, P. W., 42, 37 。

❼ 這份帳單很有名，卻也有漏洞（或許作者有意如此），已先後有人指出。 Osteen（頁 449-50）曾列一「訂正」帳單，另外並列了 Stephen 當天的收支賬目（頁 447）。

❽ 這本指南其實靠不住，有的資料沒有刷新，有時根本弄錯。喬伊斯因而犯了一些訛誤（偶爾可能是故意的）。參看 Gunn and Hart, 41, 102-27, *passim* 。

❾ Wilson, 214 。

❿ *Ibid.*, 227 。

⓫ 見 Ellmann, ibid., 598n 。

⓬ Kenner, *Ulysses*, 76. Kenner 稱問答體的第十七章為「浩瀚的垃圾目錄」(The immense catalogues of the junk)。 *Dublin's Joyce*, 261 。

⓭ Frank Budgen, "James Joyce", *Horizon*, Ⅳ (Feb. 1949), 107-8 ；見 Deming, Ⅱ, 756 。

⓮ Gilbert, *James Joyce's Ulysses,* 134 。

卷 五

中年男主角素描

1 姓名： Leopold Paula Bloom

祖父原爲匈牙利猶太人，叫 Lipoti Virag 。 Virag 匈牙利文意思是花，因此布魯姆的父親在愛爾蘭定居以後改姓 Bloom （見第十二章），也是花的意思；布魯姆一個抽屜中存有當年更改姓氏啓事的剪報，見第十七章。（從前許多猶太移民通過這種方式使自己「本土化」。第十章第十七節結尾布魯姆在街上經過 "Mr. Bloom's dental windows"，這位牙醫教名 Marcus ，當年實有其人，與布魯姆卻非本家。） ❶ 他同一陌生女子通信調情所用假名是 Henry Flower ， Henry 原爲德國人名，意指「一家之主」， Flower 則仍與原姓同義。（ "There is a flower that bloometh"， *U* 15.2489-90 ）

教名 （ first name ） Leopold 意思是「人民勇士」，暱稱 Poldy ，但所有親友中只有他太太莫莉使用。（喬伊斯的教名暱稱 Jim 也只有太太使用；曾有人這樣叫他，受到冷眼，下次不敢了。）

中名 Paula 很惹眼，在匈牙利文和英文都是 Paul 的女性形式。（ "Leopold" 意味著生在北冕星座下，代表意義之一是女性本能。）喬伊斯出生後中名 Augustine ，登記時卻被誤成女性形式 Augusta ；布魯姆有此中名應非偶然。（書中出現過 Don Poldo de la Flora 這樣人名，見第十八章。）

2 父母：Rudolph Bloom 和 Ellen Higgins

父親娶愛爾蘭當地女子為妻。 Ellen 的父親原先也是匈牙利人，出生時本姓 Karoly ，大半也是猶太姓改的。她死後 Rudolph 厭世自殺，留有遺書給兒子（有人根據遺書推論自殺原因未必完全由於喪妻 ❷），後者始終記得其中幾個片段（見 *U* 17.1883-86），並時常記起 poor papa 和 poor mamma 。上午去公墓參加友人葬禮，他想起自己也在不遠處買了一片墳地，他母親和兒子已葬在那裏（見第六章）；父親則因自殺違反教規而埋在別處。

3 出生年月日： 1886 年某月某日

小說不厭其煩地縷舉了莫莉母女的出生年月日和兒子魯迪的生死年月日；連莫莉第一次來月經的日子（1903 年 9 月 15 日）都告訴我們。對布魯姆的出生年月日卻秘而不宣，遂不可避免地使讀者納悶，好奇。書中提到過 1877 年他十一歲時首次賦詩詠懷， 1904 年他三十八歲，那麼該是生於 1866 年。（第十七章有一段故意把布魯姆和斯蒂芬的相對年齡亂算一通，成為有趣的文字。）

據羅利估計，布魯姆生於 1866 年 5 月 6 日左右， ❸ 未被其他專家接受，但只能聊備一說。例如肯納指出喬伊斯故意在字裏行間留下很多破綻，不讓讀者確定；肯納並認為喬伊斯對布魯姆生死年月日這樣處理是故弄玄虛，「寓有深意」（a telling statement）。 ❹

4　身高：五呎九吋半

與一般都柏林人相比，算是較高的個頭（"5 ft 9¹/₂ inches," *U* 17.86-7, 2003）。當時都柏林警察個個高頭大馬，而他比一般警察還要高大。

5　體重：eleven stone and four pounds in avoir-dupois measure

（常衡制十一斯通零四磅。見 *U* 17.19-2），即一五八磅，相當壯實（"full build"。*U* 7.2003）。

6　配偶：Marion（Molly）Tweedy

1870 年 9 月 8 日 ❺ 生於直布羅陀。父親 Brian Cooper Tweedy 是當地英國駐軍少校或士官（論者對 Major 理解不一）。母親 Lunita Laredo 似為西班牙和猶太混血，在她童年時便已死去（或與她父親離異；二人是否結過婚無法確定）。莫莉十歲左右隨父親回都柏林。後與布魯姆一見鍾情，1888 年 10 月 8 日結婚；當時他二十二歲，她十八歲。現年三十四歲。（第十八章她在內心獨白中自稱三十三歲，是一廂情願的 Freudian Slip。）

7　子女：Rudy 和 Millicent（Milly）

兒子魯迪 1893 年 12 月 29 日生，次年 1 月 9 日死，僅活了十一天,是布魯姆夫婦平生一大慘事,始終軫念不忘。事實上這孩子可能是畸形。❻ 他死後這「十年五個月十八天」內,二人未曾有過眞正的性關係(第十七章)。

據莫莉回憶,婚前四週她與布魯姆初次性交懷孕,次年 6 月 15 日生下女兒米莉。小說故事發生這天是她十五歲生日的第二天。正在鄉下某鎮一照相館當助理。在性的方面同母親一樣早熟,已開始交男朋友。——第十四章正中間處有一節俳諧體(parody)文字寫班農(Bannon)在產科醫院向在場的人(包括布魯姆)吹噓自己得一溫柔少女「撫」愛,計畫去買保險套以免讓「一位女士濕〔手〕」(U14.747-78)。這女士就是米莉,布魯姆聽了非常不安。

8 住址: 7 Eccles Street, Dublin, Ireland

這條街坐落在都柏林西北區,喬伊斯青少年時最要好的朋友 J. F. Byrne 家住七號。 1909 年喬伊斯返都柏林,去這地址造訪老同學,受招待吃晚飯。入夜二人上街往各處舊地重遊,三點鐘才回 Byrne 家;他卻發現忘帶鑰匙,遂跳牆落到比路面低得多的前院,再從邊門進屋,打開前門讓喬伊斯進去。此事後來成爲《尤》第十七章有名的一個細節。(1921 年 11 月撰寫該章時喬伊斯曾就布魯姆這中年人是否有體力照做而特別寫信託姨媽去實地查核。)

喬伊斯寫《尤》時他從 *Thom's Official Directory* 發現 1904 年這所房子恰好空著,遂選爲布魯姆夫婦的住宅;他們大約上一年才搬來。是小說第四、十七和十八章的背景。後來房子閒置荒廢, 1967 年已有一半被拆毀, 1982 年完全夷爲平地,重建新屋。（現址照片見 Gunn and Hart ，頁 70-1 。）

　　據喬伊斯至交吉伯特解釋， Eccles 聽起來像希臘名，意思是「會合之街」。 7 也有其象徵意味，指東方和荷馬世界最典型的神聖數字。❼

9　職業：*The Freeman's Journal*
報社廣告推銷員

　　該報創於 1763 年， 1924 年停刊。小說第七章主要以該報和晚報 Evening Telegraph 的共同社址爲背景。 *The Freeman's Journal* 1904 年 6 月 16 日的版面因《尤》而成爲重要文獻，早已單獨影印出版。

　　布魯姆半夜清算當天收支帳目，記下收到該社佣金一鎊七先令六便士，約合當前一百六十五美元，相當於他住處每月房租的一半多。他這差事並不好做，需要到處奔走拉攏，而只能維持家計。因此他不得不隨時隨地精打細算（身爲猶太人，他的相識者也都認爲他本性如此）；清晨他剛出場我們就看到他的雨衣是「失物招領」的二手貨。

　　在此以前，布魯姆曾多次換過工作，往往是被解雇。從種種跡象看來，現在這個職位也不牢靠，可能再度失業。❽

１０　宗教

　　布魯姆可能有四分之三猶太血統，但出生後未依猶太教傳統割除包皮，幼年倒曾受基督教洗禮二次，一次是新教，一次是天主教。儘管如此，在別人心目中他都是猶太人，因而到處受到蔑視，排擠；反猶是小說中一個重要題材。根據 1904 年的人口調查，都柏林有二○四八個猶太居民。布魯姆的模特兒則主要是喬伊斯在 Trieste 教英文時一個猶太學生，即後來義大利著名小說家 Italo Svevo。

註釋

❶ 關於猶太人移民後在定居國改名換姓的風俗與民族自卑感之間的關係，參看 Nadel, 139-54.Leopold Bloom 這個名字並非向壁虛構，而是喬伊斯根據他知道的幾個真實人物慎重選定的。見 Ellmann, *James Joyce*, 375。

❷ 見 Osteen, 174 n10.

❸ Raleigh, 15, 27.

❹ Kenner, *Ulysses*, 152.

❺ 這個日子並非偶然，而是喬伊斯有意選定的。他曾提示一位友人 9 月 8 日是聖母瑪利亞的誕辰。見 Potts, 237。

❻ 書中至少有三次（見第四、六和十八章）通過布魯姆夫婦的內心獨白這樣暗示。（例如 Molly："what was the good in going into mourning for what was neither one thing nor the other." *U* 18.1307-8）Bernard Baustock 直言是 deformed，見 "The Kenner Conundrum"，*JJQ*, XIII: 4（1976），434。參看 Litz, *The Art of James Joyce*, 22; Jane Ford, "Why is Milly in Mullingar?", *JJQ*, XIV: 4（1977），437.-49; Tilly Eggers, "Darling Milly Bloom," *JJO*, XII:4（1974），392-3。

❼ Gilbert, *Joyce's Ulysses*, 371. Gunn 和 Hart（頁 70-5）為 Bloom 夫婦這所住宅提供了兩張照片，一張地圖和五張房間格局及設備示意圖，非常有用。

❽ Raleigh 為布魯姆列了一張履歷表，見頁 274-75。

尤利西斯尺牘

　　《尤利西斯》乍開始就提到郵政和書信。 1904 年 6 月 16 日星期四早上八點，在愛爾蘭首府都柏林南郊海濱一座十九世紀建造的碉堡，小說男主角之一斯蒂芬・迪德勒斯被同居的馬拉奇・莫里根喊到樓頂，要他看海。斯蒂芬站到欄杆旁邊，除水以外，首先看到「一條郵船正駛出國王鎮」。吃完早飯，莫里根聽寄住此處的一個英國學生說起他收到友人班農由鄉下寄來的郵卡，裏面提到新近認識了一個甜甜的女孩，他稱之爲「照相妞兒」（"photo girl"，*U*1.685）。

　　同一天，也是大清早八點多鐘，另一男主角利奧波德・布魯姆和太太莫莉收到三封信件（第四章）。其中有兩封是他們的女兒米莉寄來的。她新近離家，在一城鎮當照相館助理，頭一天剛滿十五歲，父母給她寄過禮物。從莫莉的話中我們可以猜出，女兒給她的郵卡短短幾句話，聊表謝意而已。米莉給布魯姆的卻是封正格的信，見出父女間關係比較親近。《尤利西斯》全文複製的信共有三封，這是第一封。這冒冒失失的少女在匆忙中措辭零亂，書法潦草，她自己特別爲此辯解：「對不起寫得這樣亂太倉卒」。（*U*4.413）布魯姆卻心裏有數──她已經情竇初開，迫不及待要跟樓下鋼琴旁那批年輕人出去野餐。信裏透露她結識了一個學生，於是我們發現前面班農所說的「照相妞兒」原來是她。夜間十點（第十四章），一群醫科學生從產科醫院前往 Burke 酒館繼續轟飲，布魯姆也跟著去了，他從班農的談話悟出女兒所說的學生原來就是這淺薄輕佻的年輕人。她的信布魯姆前後讀了四次，看來十分重視；有人認爲父女間關係曖昧，而以此信作爲主要證據之一。❶

布魯姆家收到的第三封信是莫莉旅行演唱的經紀人和籌畫者霹靂火‧博伊蘭（Hugh "Blazes Boylan"）給她的。此信沒有複製，與情節的關係卻很重大。布魯姆看到信封不稱「利奧波德‧布魯姆夫人」而是放肆地直呼她本名「瑪麗恩‧布魯姆夫人」，知道二人間關係已極不尋常。關於這封信，夫婦都不願多談，立即顧左右而言他。另外有一個極關緊要的細節，作者也是略而未提，到第八章我們從布魯姆的內心獨白才知道，莫莉透露過博伊蘭是下午來他們家，第十一章他進一步回憶到她說的更具體的時間是下午四點；名義上是送節目單，實則二人要藉此成奸。喬伊斯這種手法令人想起《紅樓夢》脂硯齋批語所謂的「不寫之寫」，反而增加了曲折跌宕的效果。

布魯姆化名亨利‧佛勞爾，冒充作家在報上登廣告「誠徵打字員」作助手，其實是要找個女友暗通款曲。有一自稱瑪莎‧克利福德（大半也是化名）的女子應徵，可能像布魯姆一樣別有用心，二人竟眞的發展成紙上調情。這天上午十時許，布魯姆去郵局，從背著太太用這假名開的信箱取出瑪莎來的一封信。此信小說中全文複製。開頭時一本正經，簡直像公函，繼則轉爲親密，終至狎昵地叫他作「小調皮鬼」，說從來沒有男子像他這樣能吸引她。前後語氣判若二信，布魯姆甚至懷疑不是她本人寫的。布魯姆上次給她的信裏寫了些不雅的話，公開進行挑逗，很怕她生氣不覆。現在展讀回信，果然裝腔作勢，大發脾氣，威脅要「處罰」他。聲稱不喜歡 that other world，要他解釋 that word 的眞正意義。把 word 打成 world，多了一個字母，卻使一個單字無限擴大，成了一個世界；失之毫厘，差之千里。布魯姆用的詞顯然是色情字眼，是什麼呢？至今喬學家們作不出定論，但都同意作者意有所指。（在 *A Portrait of the Artist as a Young Man*，斯蒂芬寫了些充滿色情字眼的匿名信，四處放置，希望有少女發現。）

下午四時，布魯姆在奧蒙德旅館給瑪莎寫信，這是另外一節獨闢蹊徑的文字（第十一章）。旅館大廳裏他的一個相識者正在彈著鋼琴。布魯姆身旁坐著斯蒂芬的舅舅，爲了避免露出馬腳，布魯姆拿出報紙攤開作爲遮掩，僞裝是在針對招聘廣告寫應徵信。他嘴裏念念有詞，全是求職的口氣，筆下寫的則是情話。喬伊斯數管齊下，巧妙地用穿插交錯筆法，處理這幾種情景，同時寫了布魯姆的內心獨白，旅館吧女的惡俗嘴臉，兼及插科打諢的跑堂，雙目失明的鋼琴調音師，去布魯姆家與莫莉幽會的博伊蘭，絢爛多彩，引人入勝。

瑪莎在信中要求與他及早會面，而布魯姆最怕暴露自己的身分，回信時避而不答，並特別提醒自己要僞裝書法，e 還得用希臘寫法。所以他寫這封信時頗戰戰兢兢。此外，布魯姆寫信時常常被身邊的人和事以及內心的思緒打斷，小說又不透露哪些是信裏的詞語，因此其內容很難斷定。本斯托克抽絲剝繭，整理出信的本文，卻表示不敢保證是否完全與原信吻合。❷ 事實上，小說透露的也不可能是布魯姆的原文，例如 It. Is. True 三詞間不應當斷句。這章開宗明義的序曲（overture）已經充滿了縮寫，反常的拼法和標點，加以喬伊斯可能有意藉此表示布魯姆執筆時心神不安，胡思亂想，注意力又爲琴聲所分散，以致斷斷續續，彷彿上氣不接下氣似的。這裏不妨提一下，兩種漢譯本把關於布魯姆寫信的一節文字最後一段最後一詞 dee 都譯成「親」（金隄本頁 624；蕭乾、文潔若本頁 694），顯然認爲屬於信的內容，其實這裏是布魯姆模仿鋼琴發出的聲音，與其前的 La la laree......La ree 相同，而與 dear 無關。Dee 指音樂中的 D 音（調），即 re。布魯姆隨著鋼琴所哼的是： la la la re, la re, re。❸

布魯姆與瑪莎間的關係有其微妙之處。她來信結尾說「我今天頭痛得厲害」，他回信說「我今天難過極了。寂寞極了。」就他這方面而言，同她做筆友不過是一種遊戲，好玩而已。難過和寂寞的原因是知道自己的太太今天——就在他寫信時——馬上要與人通奸。

當年布魯姆追求莫莉時一天到晚寫情書，他給瑪莎信中那個「礙語」同他給莫莉的信……她形容爲「瘋瘋癲癲，如癡如醉」……的措辭要正經多了。倒不是他用字黃，而是髒。他愛談她的月經、陰道排泄物和大小便（尤其大便）；莫莉猜他是從一本什麼「爛書」上抄來的。他還附庸風雅地引濟慈詩句說只要與她的玉體相關，就是美，就是永恆的歡悅。

結婚以後，遇到親友去世，弔唁信往往由布魯姆口述，讓莫莉筆錄。他不但不告訴她何處斷句，還愛用些她動輒拼錯的字眼，而她連 sympathy 和 nephew 都會拼成 symphathy 和 newphew。由此莫莉想起博伊蘭的來信，認爲寫得「不怎麼樣」；希望他下次會寫長一點（她已告訴他可以暢所欲言）；她會坐在床上寫回信，讓他想像她清晨慵起的情態。她也希望有什麼別人來封情書。少女時代她住在直布羅陀，跟一位斯坦厄普太太相稔。這女友後來去了巴黎，給她寄過一件衣服，附了一封信，其中有些詞語隔了這麼多年她還能記得。不久，斯坦厄普太太卻斷了音訊，莫莉懷疑是她覺察到丈夫先前對莫莉有染指之意。自此莫莉任何信都收不到，百無聊賴，她竟放些紙條在信封裏煞有介事出去寄給自己。

　　《尤利西斯》全文照錄的第三封信尤其特別，是一個理髮匠寫給都柏林郡長的求職函，所求的職位是劊子手，全是吹噓自己此前執行絞刑的充足經歷。信由酒館裏一個酒客念給其他人聽；據這酒客說字很潦草，這在書裏經過排印，當然和莫莉信裏自稱的「亂」同樣看不出來，但看得出來總把 I 寫成小寫，其粗魯愚昧可以想見。此信也多半是別人口述由他照錄的。

　　上午斯蒂芬在一所私立學校教完課，校長發薪水給他，順便交一封讀者投書拜託他介紹報社友人發表。內容我們只能通過斯蒂芬的內心獨白中不連貫的片語隻字知道是籲請人們注意防治牛瘟。斯蒂芬不相信這會有什麼作用，還是盡力推薦給兩家報刊。半夜後他在酒館果然看到報上登出來了（第十六章）。這裏附帶提一下，第十章開頭康米神父在蒂格納姆死後，接到馬丁・康寧安來信拜託他為死者的孤兒設法謀求財務援助。同章第十五節康寧安對友人談及此信，說已把情況詳細寫出，因此這孩子會得到照應。

　　《尤利西斯》中有兩通電報，一是斯蒂芬發出的，一是他接到的。早餐後他答應與莫里根中午聚晤，但他改變主義，打電報取消了約會。莫里根見上面印著：「感傷主義者指只圖享受而不承受巨大債務的人」。後來他在產科醫院揭露這句話是斯蒂芬從梅瑞迪斯（George Meredith）小說《理查・佛維萊爾的苦難》（*The Ordeal of Richard Feverel*）中「抄襲」來的。據肯納（Kenner）推論，梅瑞迪斯原書此句後面「膽小者，懶惰者，和無心肝者」正是斯蒂芬對莫里根的看法，他的電文不消說意帶譏刺。 ❹

　　斯蒂芬收到的電報很有名。上午離開學校以後他在市郊山迪芒特海濱散步，記起一年前在巴黎時父親去電報說 "Nother dying come home father"，他始終沒有忘記電報局把 Mother 誤拼成

Nother，使意思變成「毋垂危速返父」。❺ 專家們認爲雖一字母之差，該也有深意在焉。例如 Nother 用拆字法可以變成 Not her（不是她）或 No other（沒有別人），把 Mother 的意思推翻。有人指出可能表示斯蒂芬心裏拒絕接受母親的死亡。❻ 這通電報——包括 Nother ——是喬伊斯把他 1903 年春天在巴黎所收父親的電報一字未改搬過來的。事實確是可以比虛構還要怪異；在這裏並且成爲神來之筆。

有一張信卡比這封電報還要著名。中午過後，布魯姆找地方吃飯，在馬路上邂逅從前的女友，她丈夫神經失常，這天收到一張匿名信卡；她從手袋裏找出給布魯姆看。最初論者都以爲卡上寫的是 U.P.:up，近些年有人開始懷疑，因爲從布魯姆的反應看來，該只有 U.P 兩個大寫字母，其後的 up 是布林太太爲他所加的解釋。至於是什麼意思，惡作劇者是誰，則同樣地言人人殊，沒有定論。（詳見本書〈廈辭——《尤利西斯》之謎〉一文第 7 節。）

布魯姆原先希望斯蒂芬能在他家住宿，被年輕人拒絕（而他這天到底在何處過夜遂成爲小說的另一個謎）。已是下半夜快兩點鐘，布魯姆翻檢抽屜，看到他父親自殺以前留給他的遺書。這不堪回首的往事使布魯姆欲「記」又止，語焉不詳，其內容我們連猜測都不容易。他父親尋短見的原因看來頗不單純，論者或認爲是他母親死後父親痛不欲生，或認爲這個論點說服力不強，另外也可以作別的解釋。❼ 。

喬伊斯的太太娜拉（Nora）只受過起碼的初等教育，她初識喬伊斯時寫給他的第一封信保留了下來；用的是花式信封，稚嫩的正楷——如學生作業，陳腔濫調更不難看出是從「模範尺牘」之類抄來的。經喬伊斯詰問，她坦承那些綿綿情話確非她本人的聲口,並答應往後反璞歸真,直抒胸臆。在《尤利西斯》第十八章,莫莉憶起她一位女友從「女子模範尺牘」上抄些又臭又長的肉麻話寄給情郎,至終卻不免被他拋棄。在這點上娜拉的運氣算是極好的了。

前面已經提到,布魯姆也懷疑瑪莎的信可能不是她自己寫的。事實上,二人間關係的根據是喬伊斯自己背著太太與一名瑪莎・佛萊施曼的女子寫情書的經驗;他怕暴露身分,也掩飾書法,「e」用希臘寫法,而且似乎也用了些色情字眼。❽ 從現存娜拉給喬伊斯的若干信中,我們可以認出莫莉意識流的口吻(娜拉不愛標點和斷句),可以發現米莉給父親信尾「又及」中道歉的話近似娜拉初識喬伊斯時不止一次在信尾加寫的「原諒字潦草太匆忙」(事實上在娜拉之前,喬伊斯的母親寫信時也常常不斷句);也看得出莫莉和瑪莎邋遢的文法和措詞其來有自,彷彿與娜拉一脈相傳(娜拉:"I...feels a bit lonely to night";莫莉:"nor no refinement nor nothing";瑪莎:"My patience are exhausted")。

在實際生活中,喬伊斯對於書信這個交流工具並不重視,嘗說「我從來不回信,基於原則」。❾ 他也不認為書信有任何文學價值。但《尤利西斯》以百科全書方式鉅細必究地描繪都柏林市民一天當中的身心活動,而 1904 年電話尚不普遍,相隔稍遠的人們就得藉助魚雁往返保持聯繫(喬伊斯的信函出書者已有三大冊,另外還有一冊選集,增收了前三冊編輯時因性描寫過分露骨而被刪除的夫妻間通信數封),難怪小說剛起頭就屢屢有信函出現,更值得注意的是喬伊斯不但移植了自己同太太和瑪莎・佛萊施曼之間的通信經驗,而且五花八門,利用了種種不同的信函方式,多彩多姿地作新穎的處理,結果可圈可點,讀後令人難以忘卻。關於這個題目，可參看《喬伊斯季刊・書信專號》：*James Joyce Quasterly,* XIX. 4（Summer 1982）。

註釋

❶ 見 Jane Ford, *op. cit.*, 438-9 。

❷ 見 Shari Benstock, "The Printed Letters in Ulysses", *JJQ*, XIX: 4（Summer 1982）, 418-9.

❸ 參看法譯本 1995 年版， 1477 n1 。

❹ 見 Kenner, *Ulysses*, 37.

❺ 從前該書各版本都排成 Mother ，但研究者從手稿（現存美國賓州費城 Rosenbach Foundation ， 1977 年印行過，見本書「參考書目」）中發現其實倒是改正錯了。 1984 年 Gabler ，所編新版才終於排為 Nother 。

❻ 參看 Friedman, 73 。

❼ 例如見 Osteen, 174 n10 。

❽ 詳見 Ellmann, *James Joyce*, 448-53.

❾ Potts, 233 。並參看 *Letters,* II . XXXV 。

the wine-dark sea

「荷馬式表述詞語」（Homeric epithet）指的是他兩部史詩中習用司空見慣的形容詞。阿喀流斯即使坐在椅子上仍被稱爲「健步的」，一條船即使擱在海灘上仍被稱爲「疾駛的」。1984 年上半年我寫過一篇短文〈荷馬與海〉（收入《異鄉人語》）主要就是談 oinopa 這個表述詞，提到二十世紀還有人襲用過。下半年我開始通讀《尤利西斯》，頭兩頁就出現的 epi oinopa ponton 典出荷馬，再過四十多頁，發現喬伊斯接受了 upon the winedark sea 這種色香味都吸引人的譯法。

當時我在一篇書評或報導看到說 wine-dark 是首次從原文譯荷馬爲英文的查普曼（George Chapman, 1559?-1634?）專爲 oinopa 而鑄的詞；後來查他所譯《奧德賽》第一、二、三、四、七各章，oinopa 兩次作 darke，兩次作 blacke，只有第三章作 wine-hewd（酒色的），沒有用同一字眼。再去查大詩人蒲柏（Alexander Pope）的譯本，也完全無一定譯法，甚至未用與酒有關的字眼。

據我推想，大約從十九世紀中葉開始，winedark 幾乎成了 oinopa 的標準譯法。直到二十世紀，黎歐（Rieu）1946 年譯本，費滋杰羅（Fitzgerald）1961 年譯本，乃至剛出的費格斯（Fagles）最新譯本（1996）都照搬不誤。例外是有的。我寫〈荷馬與海〉時手邊沒有拉鐵摩爾（Lattimore）的譯本，根據一篇文字貿然說他也把 oinopa 處理成 wine-dark，後來打開書，吃了一驚，原來拉氏通通譯為 wine-blue（酒綠色）。中國舊詩詞提到的酒是米製的，呈綠色；據一本專書說，遠古希臘人用葡萄釀成的酒分黑、紅、白和黃色，未提藍色或綠色，❶ 不知拉氏何所據而云然。另一方面，正如我在〈荷馬與海〉所說過的，只要把荷馬史詩的幾種英、法譯文拿來對證一下，就會發現關於顏色的譯文往往彼此有異，一種譯作「紫色」的海，另一種可能作「藍色」，到第三種又會成為「綠色」（如《伊利亞德》第十一章）。❷《奧德賽》第九章阿波羅（Apollo）的祭司馬容（Maron）送給奧德修斯十二瓶酒，明確說是紅色，拉氏也照譯為「紅酒」。楊憲益譯 oinopa ponton 為「葡萄紫的大海」。法國七星叢刊（Pléiade）版荷馬專家貝拉爾（Berard）的譯本中 oinopa 始終處理成 vineux（《小羅貝爾》Petit Robert 釋為「紅酒色」）。另外有人推論 Qinopa 指的是晚霞般的紅色——近黃昏時由於空中充滿塵埃或濃雲開始密集而使落日呈暗紅色。也有人認為 wine-dark 其實是沒有真正意義的浪漫主義字眼(romantic nonsense phrase)。總之，各說各的，沒有人能真正揭出謎底。❸

Wine-dark《牛津英語詞典》（Oxford English Dictionary）釋為「深紅酒類的顏色，多用以翻譯希臘文 oinopa 一詞，形容海洋」。事實上原來這希臘詞字面是「看起來像酒」的意思，或指浪花類似海面的泡沫，或指海水如酒一般濃暗，而不涉及具體顏色。黎歐甚至抱怨說這個譯法根本不對，該翻成 wine-faced（表面如酒狀）之類，無奈在這個節骨眼上英語無能為力，他不得已，只好廢然擲筆，放棄己見，襲用舊譯。❹ 誰知過了二十二年，庫克（Cook）的譯本果真全都成了 wine-faced。❺ 儘管如此，一世紀來影響所及，連通行的希臘文——英文詞典也釋 oinopa 為 "wine-coloured, wine-dark"。❻

•

《牛津詞典》wine-dark 條下所引最早兩個例句是 1855 年和 1865 年，形容的對象並不是海，而分別爲水晶和紫色衣裳。從荷馬史詩中引的是《奧德賽》第七章 1879 年布切（Butcher）和蘭格（Lang）合作的英譯本，由此看來，先前的查普曼和蒲柏譯本尚未用過這個詞。直到二十世紀，仍有葉茲（Yeats）和奧登（Auden）等名家用過 wine-dark，《牛津》卻只引了葉茲爲例。更惹眼的是，儘管該詞典 1989 年長二十巨冊的增訂本收了《尤利西斯》很多詞和例句，而且 oinopa 和 winedark 在《尤利西斯》出現過多次，該詞典卻隻字未及，難道博雅的老編們像荷馬一樣，也會「打瞌睡」？

據他弟弟斯坦尼斯勞斯（Stanislaus）回憶，喬伊斯寫《尤利西斯》時只用考坡（Cowper）和波特勒（Butler）兩種《奧德賽》譯本，勃金（Budgen）則記得他寫第十二章時用的是布切和朗的譯本。❼ 小說中 winedark sea 想必是承襲了後者的處理方法。

《尤利西斯》提到 oinopa 三次，winedark 四次。在第一章，清早乍起床，醫科學生莫里根喊斯蒂芬到他們同住的碉樓上，借他的手帕當抹布擦刮鬍刀，手帕上擤滿了鼻涕，莫里根說是「鼻涕青色」（snotgreen），隨即凝視著下面的海水，引斯文朋（Swinburne）的詩句稱海洋爲「偉大慈祥的母親」（a great sweet mother），說海也呈涕青色。繼而引 epi oinopa ponton 這個套語，並自出機杼，杜撰 "the snotgreen sea. The scrotumtightening sea"（鼻涕青的海。使陰囊縮緊的海），無形中對 oinopa ponton 提出了新鮮解釋。他發過宏論以後，斯蒂芬俯身望下去，則看見「海灣與天際圈成的圓環盛著一大片暗綠色液體」。（U1.116-8）接著莫里根大讚希臘人多麼高明，沾沾自喜地要教斯蒂芬學古希臘文：「你得讀原文才行。 Thalatta! Thalatta!」最後這個希臘詞意思是海，典出色諾芬（Xenophon，約公元前 434 — 351 年）所著《遠征記》（Anabasis）。❽ 喬伊斯曾自承對古希臘文一無所知，❾ 莫里根的話字裏行間依稀看得出斯蒂芬的創造者的影子。

　　上午斯蒂芬在海邊散步，玄想夏娃「墮落」以後朝西走去，一個浪潮被月亮拽著跟在後面，「浪潮，呈千萬島嶼狀，在她裏面，血不是我的， oinopa ponton, a winedark sea 。」隨即想到一個吸血鬼的「蝙蝠狀翅翼血染海洋」（U3.394 ， 397-8）。（第三章）第十五章幻象場景中布魯姆的模型捲成木乃伊從懸崖翻滾，落進等待中的紫色海水（“sea....now grew dim”；“white breast of the dim sea”）（見 U15.3378-9）。從上下文看來，這裏與前面莫里根由涕青色手帕轉而提到 oinopa ponton 頗異其趣，彷彿 oinopa 既可以指紫紅，也可以指藍青。第一章屢用 “dim”（朦朧，暗淡）一詞形容海水，則又像 wine-faced 一樣，與具體顏色沒有直接關係了。至於都柏林的海水，其顏色隨地而異，布魯姆回憶當年與莫莉戀愛時在豪斯山頭俯瞰：「海灣在獅岬是紫色，在竺姆萊克是綠色。靠近薩頓是黃綠色。」（U8.901-2）

　　第十五章斯蒂芬在幻覺中看見亡母穿越地板出現，莫里根以小丑形象重複早上引過的斯文朋和荷馬的詩句：「我們偉大慈祥的母親！ Epi oinopa ponton」（U15.4180）。傍晚在酒館裏那凶橫的民族主義者「公民」吹噓愛爾蘭在「英國雜種還沒有生下來」之前老早便同歐洲其他國家貿易往來，戈爾威港已有西班牙麥芽酒， the winebark on the winedark waterway （酒船在酒暗的水道上），這裏三個主要的詞押頭韻（alliteration），頭兩個兼押腳韻

（rhyme）。「公民」這個褊狹的妄人能如此出口成章，見出他還有點學問，他的形象因而平添了滑稽的色彩。

在《尤利西斯》有些片段中，winedark 非專指海水，而是推廣引申，形容別的東西。下午三時多斯蒂芬在馬路上看到一家鋪子的窗口陳列的寶石中有 winedark stones（第十章第十三節），寶石如此，想必是指顏色了。第十七章的問答題中說耶穌皮膚白皙，身高一英尺半，頭髮 winedark，有一本關於喬伊斯的專書把此處的原文 oinopa 釋爲 winecolored（酒的顏色），把 epi oinopa ponton 也譯成 upon the wine-colored sea（在酒色的海上）。❿wine-colored 當然沒有 wine-dark 那麼羅曼蒂克，那麼富有詩意，這也是後者爲人念念不忘的主要原因。喬伊斯在《都柏林人》（*Dubliners*）中早已用過 wine-colored；〈對雙〉（Counterparts）兩次稱男主角的臉頰是 dark wine-colored（深暗的酒色）。《尤利西斯》第十七章也用過，說的是布魯姆心目中理想住宅所放皮製痰盂的顏色（rich wine-coloured leather）。陸谷孫主編的《英漢大詞典》譯這個詞作「紅葡萄酒色的，紫紅色的」。該詞典收詞二十萬條，長二千萬言，卻未收 wine-dark，這個瞌睡實在不該打。

有趣的是，濟慈（Keats）不懂古希臘文，但讀了查普曼的譯文（查在世時曾有人指他也不懂希臘文）大受啓發，寫出名篇〈初看查普曼譯荷馬〉（On First Looking into Chapman's Homer）。喬伊斯也不懂古希臘文，其作品卻與荷馬有千絲萬縷的關係，⓫他的短篇小說集曾擬定名爲《尤利西斯在都柏林》（*Ulysses in Dublin*），後來終於以《奧德賽》爲源頭，渲染成《尤利西斯》這部長篇。

到 *Finnegans Wake*，喬伊斯仍念念不忘荷馬所用的這個字眼，如第一卷三章的 wineless Ere（*FW*053.04）和第二卷十三章的

wineupon ponteen（*FW*410.14）；最後一章 the emerald dark winter-long（*FW*603.8-9）一語則令人想起前面所引《尤利西斯》the winebark on the winedark waterway。受荷馬影響者當然不限於喬伊斯。丁尼生（Tennyson）The Lotus-Eaters 有 the dark-blue sea 句；龐德（Pound）*Cantos* 第一章有 "over dark seas" 句；德雷爾（Lawrence Durrell）*Ulysses Come Back: Sketches for a Musical* 有疊句（refrain）"Oh I've got those deep green sea blues"。**⓬**

●

最後順便談談現有兩種《尤利西斯》的漢譯本對 epi oinopa ponton 的處理方式。金隄（九歌版）譯為「在葡萄酒般幽暗的海面上」（頁 49， 189），winedark sea 和 winedark waterway 也這樣譯（見頁 149， 711），但形容寶石時則譯「暗紅色」（頁 544），形容頭髮時譯「葡萄酒般的深色」（頁 1261）。蕭乾、文潔若（時報版）依楊憲益譯 oinpoa ponton 為「葡萄紫的大海」（頁 52， 1211），epi 未譯。第三章 "oinopa ponton, a winedark sea" 譯作「葡萄紫的大海，葡萄紫的暗色的海」（頁 148），未加注說明小說中前後二者是原文與譯文，另外如「絳色的寶石」（winedark stones，頁 67），「葡萄紫的大海」（winedark waterway，頁 789），「葡萄紫的頭髮」（winedark hair，頁 1448），始終未把 oinopa 乃至 winedark 與酒聯繫，恐不妥。兩種譯本都隨前後文做了不同的譯法，恐也不妥。除海以外，喬伊斯也用 winedark 形容其他東西，該是有意的，何況 oniopa/winedark 有這樣特殊的詞源背景，我看仍宜像上面所舉幾種較近的英譯荷馬史詩一樣，恪遵原文，用同一個詞語處理，儘管我們對這兩個詞可以有不同的理解。

註釋

❶ 見 N. G. L. Hammond and H. H. Sculard, *The Oxford Classical Dictionary*, Second Edition（1977）, 1139.

❷《異鄉人語》（洪範，1986），203-04.

❸ 參看 R. Rutherford-Dyer, "Homer's Wine-dark Sea," *Greece and Rome*, Vol. XXX(Oct. 1983), 125-8 。

❹ 見 *Odyssey*, tr. E. V. Rieu（Penguin Books, 1972）, "Introduction" ,20.

❺ *The Odyssey,* tr. Albert Cook（N.Y.: Norton, 1967）

❻ 例如 Lidell and Scott, *Greek-English Lexicon*（Oxford University Press, 1953）。

❼ 參看 Hugh Kenner, *Joyce's Voices*（London: Faber & Faber, 1978）,110-1.

❽ 希臘文「海」字係原意指環繞；古希臘人認為海是一條大河，起源於西方，環繞全世界。《伊利亞德》第一章 418 行提到天神宙斯去這大河邊參加宴飲。

❾ 見喬伊斯 1921 年 6 月 24 日致 Harriet Weaver 信。*Letters of James Joyce*, ed. Stuart Gilbert（N.Y.: The Viking Press, 1957）, 167.

❿ Brendan O Hehir and John Dillon, *A Classical Lexicon for Finnegans Wake*（University of California Press, 1977）, 533, 537, 578.

⓫ 這方面現在已有專書，如 Hermione de Almeida, *Byron and Joyce through Homer*（N.Y.: Columbia University Press, 1981）和 Wallace Gray, *Homer to Joyce*（N.Y.: MacMillan, 1985）。

⓬ 見 *Homer in Englsih,* ed. George Steiner（Penguin Books, 1996）, 135,240, 313-14 。

附錄：娜拉・巴納克爾・喬伊斯（Nora Barnacle Joyce）

　　喬伊斯很迷信運氣，嘗說自己像個跟蹌的走路者，腳下踩到了什麼，撿起來恰好是他需要的東西。1904年6月10日他在都柏林街上看到一個身材高躭的少女，上去搭訕，她滿不在意地回答，說是在一家公寓工作；實則是作女傭（chambermaid；*Finnegans Wake* 提到 "charmermaid", *FW*148.24）。二人約好14日再會，但那天她未出現。經他再約，於6月16日聚晤，屆時顯然有了肌膚之親。就這樣二十世紀最有學問的作家之一同小學程度（十二歲輟學）的一個鄉下女子偶然相遇而結成不解之緣。後來他說她「逛進」了(sauntered)他的生命。（有人根據種種情況，認爲她隻身上街逛蕩有存心勾引男子之嫌。）據她晚年回憶，當時他表情奇怪而嚴峻，穿著長及腳踝的大衣，鞋根已經磨掉，頭戴大型白色寬邊帽。

　　從現存的照片中看不出來，相識者卻注意到她長得非常好看：金髮，古典式的美。喬伊斯1935年返都柏林期間給她寫信提到他在短篇〈死者〉(The Dead)用過三個詞形容她的身體："musical and strange and perfumed"（有音樂感，怪異，芳香）。

　　當年10月8日娜拉・巴納克爾(Nora Barnacle)與喬伊斯私奔，離開愛爾蘭。據說他父親知道她奇特的姓氏時曾斷言「她永遠不會離開他」，因爲這個詞意指藤壺，轉指戀棧者，歪纏者。後來果然如此。（barnacle 一詞在《尤利西斯》出現兩次；*Finnegans Wake* 有一句影射她說："barnacled up to the eyes",

FW423.22 。）喬伊斯大學時代的偶像是易卜生，而她的名字湊巧是娜拉，卻與《傀儡家庭》女主角相反，終生沒有出走。他對她也很依戀。 1909 年曾特別定製一條項鍊送她，上面錄了 *Chamber Music* 第九首詩最後一行：　"Love is unhappy when love is away"（愛人不在愛人不快——這項鍊當前還在，屬於他孫媳）；年底他在信裏誓言「我永遠不會再離開你」，並在「永遠不」(never)下面連畫四線著重表示堅貞不渝；儘管他寵愛兩個子女， 1935 年 5 月致魏佛女士（Harriet Weaver）的信中卻強調娜拉的重要性相當於他們「加起來再乘三倍」； 1941 年死的那天他大半在昏迷狀態，忽然醒來，要求把她的床移到他近旁。他們同居了二十七年才正式結婚，爲了兒女將來繼承遺產。這段時間喬伊斯成爲舉世聞名的文豪，她大體上伴隨在旁，照顧他日常生活起居（他眼睛半盲，又嗜酒若狂），而且作了他情感上的依靠和創作靈感的泉源。喬伊斯曾以富詩情畫意的措詞盛讚「她的靈魂！她的名字！她的眼睛！在我看來酷似驟雨乍停後纏結的樹籬中奇異美妙的藍色野花。」他的筆記在 Nora 條下甚至寫著「無論你在哪裏，都將是我的故國（Erin ：愛爾蘭）」。 1909 年 9 月給她的一封信裏懇求「噢把我放進你心靈的最深處吧，這樣我就會眞正成爲祖國的民族詩人。」短篇〈死者〉、劇本《流亡者》、長篇《尤利西斯》和 *Finnegans Wake* 的女主角都在或大或小的程度上以她爲模特兒。（甚至 FW 中的所謂 Mamalujo 一般解爲指耶教《聖經》四福音書 Matthew, Mark, Luke 和 John ，但喬伊斯告訴兒媳另外也隱射 Mama （即娜拉）， Lucia （女兒）和 Giorgio （兒子）。喬著中的女人形象無疑受到她深刻的影響。（她卻說他對女人「一無所知」。）

　　從喬伊斯給太太的極其淫穢的信中可以看出娜拉對他的重要

性是多方面的，包括性慾的滿足在內。他的需求往往異乎尋常，而她彷彿有求必應，連雞姦都逆來順受。論者推測是要藉此籠絡他，並使他不再嫖妓（二人結識前他已多次去都柏林花街冶遊，患上花柳病）。據喬伊斯的年輕友人勃金（Frank Budgen）日後回憶，《尤利西斯》撰寫期間有天晚上他和喬伊斯夫婦離開一家飯館，布金和娜拉走在前頭，忽然她哭了起來，告訴他丈夫要她同別的男人交往，以便他有材料可寫。顯然是應他的要求，她在一封信裏稱呼他「親愛的烏龜」（Dear Cuckold）。在義大利期間他曾慫恿一個友人追求她，這人羅曼蒂克得很，告訴她「太陽為你而照」，後來被喬伊斯寫進《尤利西斯》，成為名句。但是與《流亡者》和《尤利西斯》內兩個丈夫不同，喬伊斯出爾反爾，半路挺身制止，還把友人羞辱了一番。事實上喬伊斯在這方面絕不大方，1909 年他由義大利返都柏林，一友人造謠說曾與娜拉有染，他竟信以為真，寫長信質問她。二人間的通信直到 1974 年才公諸於世。另一方面，他卻背著娜拉去挑逗別的女子；後來也寫進《尤利西斯》，即布魯姆同 Martha Clifford 間的關係。

有一次友人來訪，喬伊斯指給他看娜拉日常嗜讀的流行小報和俗氣雜誌，表示不屑而又無奈；她也不好意思，赧然一笑。她則對他的諸般習氣——尤其酗酒——總看不慣。不止一次忍無可忍，想要離異，夫婦間不能算很和諧。關於二人間的感情相當曲折，兒子出生以後喬伊斯一度對娜拉極感失望，曾想與她分手。1922 年 2 月《尤利西斯》終於出版，正是喜慶的當口，4 月娜拉卻帶子女返愛爾蘭；彷彿夫妻失和，從通信中可以看出她曾聲言要長住下去，而他也作了最壞的打算。但適逢內戰，母子三人所乘火車遭到射擊，飽受虛驚，乃重回巴黎。晚年他往往從早到晚不跟她說一句話。有一次她向友人訴苦：「我遷就他已經三十四年啦，也該有點功勞吧，是不是？」

　　娜拉對丈夫的著作很不捧場。她斥《尤利西斯》下流而又枯燥，認爲讓莫莉這樣一個「又大又胖糟糕透了的有夫之婦」做小說的女主角是極其可笑的事。她嚴詞否認自己是莫莉的模特兒，嫌莫莉太胖（"eleven stone nine" 即 163 磅），儘管她自己也不瘦，尤其生孩子以後。她抱怨嫁給一個作家日子眞不好過。*Finnegans Wake* 下筆之初她無可奈何地告訴妹妹：「他又在寫另外一本書了。」脫稿後她貶之爲「炒雜碎」(chop suey)，並質問他爲什麼不寫人們看得懂的合情合理的書。丈夫的書恐怕她沒有一部曾經看完。（喬伊斯曾向友人申訴：「你說怪不怪：我家裏沒有一個人看我寫的東西！」連兒女也在內。）《尤利西斯》初版先印一千精裝本，由作者簽名以示鄭重。喬伊斯把第一千冊獻給太太；簽名時青年友人鮑爾(Arthur Power)在場，娜拉竟要賣給他，雖然該是戲言，丈夫仍很尷尬，只能苦笑。他再三催她讀自己這本心血結晶，她淡然處之；最後答應了，彷彿也確實勉強試過，但顯而易見沒有通讀。有一次夫婦參加一晚宴，席間有人問她看不看丈夫的作品，她回答說一天到晚聽他談，看他寫，已經足夠了，何況她也得有點自己的時間。後來承認看過《尤利西斯》結尾的內心獨白，評語是：「我想這個人是天才，但是他的心多骯髒呵！」實則正如喬伊斯傳記的作者艾爾曼（Richard Ellmann）所說的，《尤利西斯》「是一首新婚賀詩（epithalamium），愛情是它的原動力。」這部小說證實喬伊斯因有娜拉充當繆司而眞正茁壯成爲愛爾蘭的民族詩人。娜拉與莫莉間的相似處同她對整部小說的重要性一樣，都是不容否認的。例如莫莉內心獨白表面上最惹眼的是不加標點符號，其次是拼寫錯亂，文法邋遢；這很像是喬伊斯從太太那裏搬過來的。 1912 年 7 月 11 日她給他的信中短短一個片段就出現了下面這樣的詞句："I feel very strange here but the time wont be long … well I asked what he ment by treating you in such a manner … on my way back i will call again"。這裏 wont 該是 won't, ment 是 meant 之誤，I 小寫成 i。另外娜拉筆下往往代名詞（如 he）交代不清，如同莫莉。可參看 Maddox, 199-205，儘管她偶爾有穿鑿附會之嫌。

　　喬伊斯歿後聲譽益隆，娜拉的態度有所轉變，頗以丈夫的文學成就為榮：「我的可憐的吉姆，他真偉大啊。」有人問她對紀德的意見，她答曰身為世界最偉大作家的妻室，哪會記得「小傢伙們」(little fellows)。（偏偏喬伊斯很敬重紀德。——但這裏她倒並非信口開河：喬伊斯生前有人問他心目中當時最偉大的英文作家，回答是「除我自己以外，我不知道還有誰。」）有時說得忘形，她會離譜地編造夫婦當年如何恩愛，她兒子在旁聽到，忍不住說：「如果父親聽見，不知會說什麼。」

　　她比喬伊斯小兩歲，比他晚死十年。老景淒涼，丈夫生前故交大都對她漠不關心，而且兒子懦弱，嗜酒如父；幸虧她為人達觀，看得開。去世後全球許多重要報刊發佈新聞。三十九年前（1912）喬伊斯給她的一封信裏說：「希望將來會有那麼一天我進入我的王國時你能因為在我身邊而出名。」後來果然成為事實；她的芳名將隨著丈夫而在文學史上垂留。

　　儘管他屢屢說過對女子很不恭維的話，迷信運氣的喬伊斯生前不斷享受女子的關愛。小時候母親偏憐他，從事文學創作以後又碰到好幾個女子忠勇地支持贊助，尤其畢奇（Sylvia Beach）和魏佛（Harriet Weaver）二位的表現更使人感動；但歸根結柢，影響最大者還是娜拉——這偶然「逛進」他生命中的鄉村姑娘，陪他走完生命的旅程，讓他得以「第一百萬次去面對實際經驗」，進

而充分發揮潛力，在他「靈魂的鍛爐」中為自己的民族「煉製尚
未創造的良心」，至終成為世界文壇上的巨匠。

參考書目

1 喬伊斯的著作

（按：前面冠以星號者表示是最有用的版本。）

Chamber Music. London, Elkin Matthews, 1907.

Dubliners. London, Grant Richards, 1914.

A Portrait of the Artist as a Young Man. London, Egoist Press, 1917; NewYork: B. W. Huebsch, 1917.

Ulysses. Paris: Shakespeare and Company, 1922.（著名的初版）

Ulysses. Hamburg: The Odyssey Press, 1933.

Ulysses. London: John Lane, Bodley Head, 1934.

**Ulysses*s. New York: Random House, 1934; New Edition, Corrected and Reset,1961 。鑒於 1984 年 Gabler 所編新版漏洞頗多，至今未能取代這個版本。

Ulysses. London: Penguin Books, 1968 (paperback).

Ulysses: A Facsimile of the Manuscript. 3 vols. New York: Octagon Books/London: Faber & Faber, 1975.

Ulysses. "The Critical and Synoptic Edition" (Ed. H. W. Gabler), New York: Garland, 1984.

*Ulysses. "The Corrected Text". Ed. H. W. Gabler, New York: Random House, 1986. 是上一版本的訂正版。本書提到這本小說時通常只舉章次，加行數時則指 Gabler 版。（近十幾年來學者所發表的研究資料大都如此）

*_Ulysse_. Traduction a Auguste Moerl, revue par Valery Labaud, Stuart Gilbert et L'Auteur (Paris: Gallimard.) 1995 年出新版，全書長 2073 頁，但正文只佔 855 頁，而所附導言、參考資料、註解、索引等卻佔 1218 頁，對研究者極有價值。去年（2004）Gallimard 又出了新的法文譯本，由喬伊斯專家 Jacques Aubert 主持；他和另外七人分別負責譯一、二或三章，但第十四章則仍沿用第一譯本。沒有註釋；書後附譯者跋。全書長 981 頁。

《尤利西斯》金隄譯。臺北：九歌。上卷 1993 ；下卷 1996 。

《尤利西斯》蕭乾、文潔若譯。南京：譯林， 1995 ；臺北：時報， 1995 ；臺北：貓頭鷹， 1999（重排版）。

Ulysses. A "Reader's Edition". Ed. D. Rose. London: Picador, 1997. （目的在出一普及本，但將小說簡化；出版後備受抨擊）

Pomes Penyeach. Paris, Shakespeare and Co., 1927.

Finnegans Wake. London, Faber and Faber, 1939; New York: Vikings, 1939.

Collected Poems. New York: Viking, 1946.

Exiles. Ed. Padraic Colum, New York: Viking, 1951.

Epiphannies. Ed. O. A. Silverman, Buffalo: State University of New York Press, 1956.

The Critical Writings of James Joyce. Ed. Ellsworth Mason and Richard Ellmann, New York: Viking, 1959.

The Cornell Joyce Collection: A Catalogue. Ed. Robert E. Scholes. Cornell University Press, 1961.

Stephen Hero. Ed. Theodore Spencer, New York: New Directions, 1963.

Letters. Vol. I. Ed. Stuart Gilbert, London: Faber and Faber, 1957; NewYork: Viking, 1957; Vols. II and III. Ed. Richard Ellmann, London: Faber and Faber, 1966; New York: Viking, 1966.

Giacomo Joyce. Ed. Richard Ellmann. New York: Viking, 1968.（1914 年所作筆記）

Joyce's "Ulysses" Notesheets in the British Museum. Ed. Phillip F. Herring. University Press of Virginia, 1972.

Selected Letters. Ed. Richard Ellmann. New York: Viking, 1975.

Ulysses: A Facsimile of the Manuscript. Ed. Clive Driver. 3 vols.Philadelphia: Rosenbach Foundation, 1975.

Joyce's Notes and Early Drafts for "Ulysses": Selections from the Buffalo Collection. Ed. Phillip F. Herring. University Press of Virginia, 1977.

The James Joyce Archive. 63 vols. Ed. Michael Groden et al. New York and London: Garland, 1978.

James Joyce's Letters to Sylvia Beach. Eds. M. Banta and O. Silverman. Indiana University Press, 1987.

Occasional, Critical, and Political Writing. Ed. Kevin Barry. Oxford University Press, 2002.

（按：喬伊斯死後其著作的遺稿經親友、研究者和收藏家不斷積極搜求，到 1960 年代人們以爲已蒐羅無遺；但 2000 年起接連三年又有所發現。2002 年愛爾蘭國立圖書館以一千一百七十萬美元購得他六本筆記，長約七百頁；另有 *Ulysses* 十六種草稿及 *Finnegans Wake* 打字稿和校樣，成爲重大新聞。見 *The New York Times*, May 31, 2002。這些原始資料價值可想而知，該會有人編訂出書。）

2　《尤利西斯》有關資料

（按：前面冠以一個星號者表示對普通讀者比較有用；兩個星號表示極

其有用。）

Adams, Robert M. *Surface and Symbol: The Consistency of James Joyce's Ulysses*. Oxford University Press, 1962.

——. *James Joyce: Common Sense and Beyond*. New York: Random House,1966.

Anderson, Chester G. *James Joyce*. London: Thames and Hudson, 1967.畫傳，有漢譯本（台北：貓頭鷹， 1999）。

Arnold, Bruce. *The Scandal of Ulysses*. London: Sinclair-Stevenson, 1991.

Attridge, Dered, ed. *The Cambridge Companion to James Joyce*. Cambridge University Press, 1990.

——. ed. *Ulysses: A Casebook*. New York: Oxford University Press, 2004.

Aubert, Jacques. *The Aesthetics of James Joyce*. Johns Hopkins University Press, 1992.

Beach, Sylvia. *Shakespeare and Company*. New York: Harcourt Brace, 1959;Reprinted, University of Nebraska Press, 1991.

Beja, Morris. *James Joyce: A Literary Life*. Ohio State University Press,1992.

——. et al, eds. *James Joyce: The Centennial Symposium*. University of Illinois Press, 1986.

Benstock, Bernard. *James Joyce*. New York: Frederick Ungar, 1985.

——. ed. *Critical Essays on James Joyce*. Boston: G. K. Hall, 1989.

——. ed. *The Seventh of Joyce*. Indiana University Press; Sussex: TheHarvester Press, 1982.

——. *James Joyce: The Undiscovered Country*. New York: Barnes and Noble;Dublin: Gill and Macmillan, 1977.

——. ed. *The Augmented Ninth*. Syracuse University Press, 1988.

** —— and Shari Benstock. *Who's He When He's At Home: A James Joyce*

Directory. University of Illinois Press, 1980. 非常有用的「指南」人物。

**Blamires, Harry. *The Bloomsday Book: A Guide Through Joyce's Ulysses*.London: Methuen, 1966. 初讀者必備，儘管有誤解之處

Bloom, Harold, ed. *James Joyce* (Modern Critical Views). New York: Chelsea House Publishers, 1986.

——. *James Joyce* (Comprehensive Research and Study Guide).出版社同上，2002。

——. *The New Bloomsday Book*. London: Routledge, 1996.（前面 *The Bloomsday Book* 的第三版）

Bowen, Z. *Ulysses as a Comic Novel*. Syracuse University Press, 1989.

—— and Carens, J. eds. *A Companion to Joyce studies*. Westport, Conn.:Greenwood, 1984.

**Budgen, Frank. *James Joyce and the Making of Ulysses*. Indiana University Press, 1960. 喬伊斯忘年交提供的第一手重要資料。

——. *Myselves When Young*. Oxford University Press, 1970.

Burgess, Anthony. *Rejoyce*. New York: Norton, 1968.

* ——. *Joysprick: An Introduction to the Language of James Joyce*. New York: A Harvester Book, 1973.

Butor, Michel. *Essais sur les modernews*. Paris: Gallimard, 1964.其中有 70 頁談喬伊斯，頁 247-63 專論《尤利西斯》。

Cambell, J. and Robinson, H. M. *A Skeleton Key to Finnegans Wake*. New York: Viking, 1993.

Card, James Van Dyck. *An Anatomy of "Penelope"*. Rutherford, N. J.:Fairleigh Dickinson University Press; London and Toronto: Associated University Press, 1984.

Cato, Bob and Vitiello, Greg. *Joyce Images*, with Introduction by Anthony

Burgess. New York: Norton,1994. 畫集，收得很全，含新資料，但文字細節往往不妥。

Cheng, V. J. *Joyce, Race, and Empire*. Cambridge University Press, 1995.

—— and Martin, T., eds. *Joyce in Context*. Cambridge University Press,1994.

Colum, Mary and Padraic Colum. *Our Friend James Joyce*. Garden City, NewYork: Doubleday, 1958.

Cope, Jackson I. *Joyce's Cities: Archaeologies of the Soul*. Johns Hopkins University Press, 1981.

*Delancy, Frank. *James Joyce's Odyssey: A Guide to the Dublin of Ulysses*. London: Hodder and Stoughton; New York: Holt, Rinehart and Winston, 1981.

Deming, Robert H. *A Bibliography of James Joyce Studies*. Boston: G. K. Hall, 1977.

——. Ed. *James Joyce: The Critical Heritage*. 2 vols. London: Routledge and Kegan Paul, 1970.

Duffy, Enda. *The Subaltern "Ulysses"*. University of Minnesota Press,1994.

Dunleavy, J. E., ed. *Re-Viewing Classics of Joyce Criticism*. University of Illinois Press, 1991.

Eco, Umberto. *The Middle Ages of James Joyce*. London: Hutchinson Radius, 1989.

Eliot, T. S. "*Ulysses*, Order, and Myth." *Dial 75* (November 1923), 480-83. 經典性論文。

**Ellmann, Richard. *James Joyce*. Oxford University Press, 1982. 必備。

——. *The Consciousness of Joyce*. London: Faber and Faber, 1977.

* ——. *Ulysses on the Liffey*. London: Faber and faber, 1972; New York:

Oxford University Press, 1972.

——. *Four Dubliners.* New York: George Braziller, 1988.

Fargnoli, A. N., ed. James Joyce: *A Literary Reference.* New York: Carroll and Graf, 2003.

*Fargnoli, A. N. and Gillespie, M. P., eds. *James Joyce A-Z.* Oxford University Press, 1995. 細節頗有錯失，但仍很有用。

French, Marilyn. *The Book as World: James Joyce's Ulysses.* Harvard University Press, 1976.

Friedman, Susan Stanford, ed. *Joyce: The Return of the Repressed.* Cornell University Press: 1993.

Gaskell, P. and Hart, C., eds. *Ulysses: A Review of three Texts.* Totowa,N. J.: Barnes and Noble, 1989.

**Gifford, Don. With Robert J. Seidman. *Ulysses Annotated.* University of California Press, 1988. 必備——儘管頗有疏漏。

*Gilbert, Stuart. *James Joyce's "Ulysses" : A Study.* London: Faber and Faber, 1930; 2nd edition. New York: Knopt, 1952. Vintage, 1955. 第一本專論，作者為喬伊斯摯友，在他鼓動和協助下寫成。

——. *Reflections on James Joyce: Stuart Gilbert's s Paris Journal.* Eds. Staley,T. F. and Lewis, R. University of Texas Press, 1993.

Gillespie, M. P., ed. *James Joyce's Trieste Library: A Catalogue.* Harry Ransom Humanities Research Center, The University of Texas at Austin, 1986.

Givens, Seon, ed. *James Joyce: Two Decades of Crcticism.* New York: Vanguard, 1948.

Gogarty, Oliver St. John. *As I Was Going Down Sackville Street,* 1937. New York: A Harvest Book, reprint, n. d.

Goldberg, S. L. *The Classical Temper: A Study of James Joyce's Ulysses.*

New York: Barnes and Noble, 1961.

Gorman, Herbert. *James Joyce.* New York: Farrer and Rinchart, 1939.

Gray, Wallace. *Homer to Joyce.* New York: Collier Books, 1985.

Grehan, Ida. *The Dictionary of Irish Family Names.* Boulder, Colorado: Roberts Rinehart, 1997.

Groden, Michael. "Ulysses" in Progress. Princeton University Press, 1977.

——. ed. *The James Joyce Archive.* 63 vols.; New York and London: Garland,1977-80.

**Gunn, Ian, and Hart, Clive, *James Joyce's Dublin: A Topographical Guide to the Dublin of Ulysses.* New York; Thames & Hudson, 2004 。是 Hart 和 Knuth 所編書（見下）的修訂新版，極有參考價值。

*Hanley, Miles. *Word Index to James Joyce's Ulysses.* University of Wisconsin Press, 1962. 此書似乎至今未見再版，可謂怪事。

Hart, Clive. *James Joyce's "Ulysses".* Sydney University Press, 1968.

** —— and Hayman, D., eds. *James Joyce's Ulysses: Critical Essays.* University of California Press, 1974.小說十八章分別由專家執筆論析，大都詳實精闢，至今仍極有用。

—— and A. M. L. Knuth. *A Topographical Guide to James Joyce's Ulysses.* 2 vols. Colchester, England: Wake Newslitter Press, 1975. （見上 Gunn and Hart 條。）

*Hayman, David. *Ulysses: The Mechanics of Meaning.* University of Wisconsin Press, 1982. (New Edition.)

Herring, Phillip F. *Joyce's Uncertainty Principle.* Princeton University Press,1987.

Hodgart, Matthew J. C. *James Joyce: A Student's Guide.* London: Routledge,1978.

Houston, J. P. *Joyce and Prose*. London: Associated University Press, 1989.

Hunter, Jefferson. *How to Read "Ulysses" and Why*. New York: Peter Lang, 2002.

Jackson, J. W. and Costells, P. *John Stanislaus Joyce*. New York: St. Martin's, 1997.

James Joyce Quarterly (JJQ). Tulsa, Oklahoma: University of Tulsa.

Janusko, Robert. *The Sources and Sturctures of James Joyce's "Oxen"*. Ann Arbor, University of Michigan Research Press, 1983.

Joyce, P. W., *The Origin and History of Irish Names of Places*. Dublin:McGlashen and Gill, 1875.

*Joyce, Stanislaus. *The Dublin Diary of Stanislaus Joyce*. Ed. George H. Healy.London: Faber and Faber, 1962. Cornell University Press, 1962. Revised and published as *The Complete Dublin Diary of Stanislaus Joyce*. Cornell University Press, 1971.

* ——. *My Brother's Keeper: James Joyce's Early Years*. Ed. Richard Ellmann. New York: Viking, 1958. 艾略特在前言中極讚此書有永恆之參考價值。

——. *Recollections of James Joyce*. Translated from the Italian by Ellisworth Mason. New York: The James Joyce Society, 1950.

Kain, Richard M. *Dublin in the Age of William Butler Yeats and James Joyce*. Newton Abbot, England: David and Charles, 1972.

* ——. *Fabulous Voyager: James Joyce's Ulysses*. University of Chicago Press,1947; New York: Viking, 1959. 早期較詳實可靠的專論。

*Kenner, Hugh. *Dublin's Joyce*. London: Chatto and Windus, 1956.

* ——. *Joyce's Voices*. University of California Press, 1978.

** ——. *Ulysses*. London: Allen & Unwin, 1980; revised edition, Johns

Hopkins University Press, 1987. 必備。

——. *Flaubert Joyce and Beckett.* Boston: Beacon Press, 1962.

——. *A Colder Eye.* Penguin Books, 1984.

Kershner, R. B. *Joyce, Bakhtin, and Popular Literature.* University of North Carolina Press, 1989.

*Lawrence, Karen. *The Odyssey of Style in Ulysses.* Princeton University Press, 1981.

Lernout, Geert. *The French Joyce.* University of Michigan Press, 1990.

Levin, Harry. *James Joyce: A Critical Introduction.* London: Faber and Faber, 1944; New York: New Directions, 1960. 最早的專書之一。

*Litz, A. Walton. *The Art of James Joyce: Method and Design in Ulysses and Finnegans Wake.* Oxford University Press, 1961.

——. *James Joyce.* Boston: Twayn, 1972. (New edition)

McAlmon, Robert and Boyle, Kay. *Being Geniuses Together.* London: The Hogarth Press, 1984.

MacCabe, Colin, ed. *James Joyce: New Perspective.* Brighton: Harvester Press, 1982.

——. *James Joyce and the Revolution of the Word.* New York: Barnes and Noble, 1979.

McCabe, Bernard and Le Garsmeur, Alain. *James Joyce: Reflections of Ireland.* Boston: Little, Brown, 1993. 畫傳。

*McCarthy, Jack. *Joyce's Dublin: A Walking Guide to Ulysses.* New York: St. Martin's Press, 1988. 其中有不少照片攝於 1904 年左右。

McCarthy, Patrick A. *Ulysses: Portals of Discovery.* Boston: Twayne Publishers, 1990.

McCormack, W. J., and Stead, Alistair, eds. *James Joyce and Modern Literature.* London: Routledge & Kegan Paul, 1982.

McCourt, John. *James Joyce: A Passionate Life*. London: Orion, 2000. 畫傳。

*Maddox, Brenda. *Nora: The Real Life of Molly Bloom*. Boston: Houghton Mifflin, 1988. 書名副標題很不妥當，內容也往往過分比附；但仍不失為有用的參考書。

Magalaner, Marvin, ed. *A James Joyce Miscellany*. New York: James Joyce Society, 1957. *Second Series*. Southern Illinois University Press, 1959.*Third Series*.出版社同上， 1962 。

Magalaner, Marvin, and Richard M. Kain. *Joyce: The Man, The Work, The Reputation*. New York University Press, 1965.

McCormick, Kathleen and Erwin R. Steinberg, eds. *Approaches to Teaching Joyce's "Ulysses"*. New York: MLA, 1993.

*Nabokov, Ｖ. *Lectures on Literature*. New York: A Harvest/HBJ Book, 1980.pp. 284-370. 是 1940 和 1950 年代在美國大學授課時期的講稿。作者本人是小說名家，而且極推崇《尤利西斯》，虔誠捧讀，他的評析不消說值得重視，即使偶爾有武斷之嫌。

Nadel, Ira B. *Joyce and the Jews: Culture and Texts*. University of Iowa Press, 1989.

Newman, Robert A. and Weldon Thornton, eds. *Joyce's Ulysses: The Larger Perspective*. University of Delaware Press: London and Toronto: Associated University Press. 1987.

*Nicholson, Robert. *The Ulysses Guide: Tours Through Joyce's Dublin*. New York: Routledge, 1988.

Norburn, Roger. *A James Joyce Chronology*. New York: Palgrave MacMillan,2004.

Norris, Margot, ed. *A Companion to James Joyce's "ULYSSES"* Boston:Bedford Books, 1998.

O'Brien, Edna. *James Joyce*. New York: A Lipper-Viking Book, 1999. 作者為愛爾蘭名小說家，但這本小冊子似為應出版社之邀臨時拚湊而成，沒有多大學術性，只能當「閒書」看。

O'Hehir, B. and Dillon, J. *A Classical Lexicon for Finnegans Wake*. University of California Press, 1977.

Osteen, Mark. *The Economy of Ulysses*. Syracuse University Press, 1995.

Peake, Charles. *James Joyce: The Citizen and the Artist*. Stanford University Press, 1977.

Pearce, Richard, ed. *Molly Blooms: A Polylogue on "Penelope" and Cultural Studies*. The University of Wisconsin Press, 1994.

*Potts, Willard, ed. *Portraits of the Artist in Exile: Recollections of James Joyce by Europeans*. University of Washington Press, 1979; New York:Harcourt Brace, 1986. 很有用的傳記資料。

Pound, Ezra. *Pound/Joyce: The Letters of Ezra Pound to James Joyce, with Pound's Essays on Joyce*. ed. Forrest Read. 1967; reprinted London: Faber &Faber, 1968.

*Power, Arthur. *Conversations with James Joyce*. Ed. Clive Hart. New York:Barnes and Noble. 1974. 薄薄一本小書，卻很親切生動，有助於了解喬伊斯的性格和見解。作者是愛爾蘭人，喬伊斯生前另一忘年交。

Prescott, Joseph. *Exploring James Joyce*. Carbondale: Southern Illinois University Press, 1964.

*Raleigh, John Henry. *The Chronicle of Leopold and Molly Bloom: Ulysses as Narrative*. University of California Press, 1977. 內容偶有錯失，但很有參考價值。

Sandulescu. C. G. and Hart C., eds. *Assessing the 1984 Ulysses*. Gerrards Cross, Buckinghamshire: Colin Smythe; Totowa, N.J.: Barnes and

Noble, 1986.

*Schutte, William. *Index of Recurrent Elements in James Joyce's Ulysses.* Southern Illinois University Press, 1982.

Schwarz, D. R. *Reading James Joyce's Ulysses.* New York: St. Martin's,1987, 2004.

Scott, Bonnie Kime. *Joyce and Feminism.* Brighton: Harvester, 1984.

Seidel, Michael. *Epic Geography: James Joyce's Ulysses.* Princeton University Press, 1976.

*Senn, Fritz. *Joyce's Dislocutions: Essays on Reading as Translation.* Ed.John Paul Riquelme. Jouhns Hopkins University Press, 1984.

Sherry, Vincent. *James Joyce: "Ulysses".* Cambridge University Press, 1994.

Shloss, Carol Loeb. *Lucia Joyce: To Dance in the Wake.* New York: Farrar, Strauss & Giraux, 2003.

Slocum, John J. and Cahoon, Herbert, eds. *A Bibliography of James Joyce(1882-1941).* 1953; reprinted Westport, Conn.: Greenwood Press, 1971.

Staley, Thomas F., ed. *"Ulysses": Fifty Years.* Bloomington: Indiana University Press, 1974.

—— and Bernard Benstock, eds. *Approaches to Ulysses: Ten Essays.* University of Pittsburgh Press, 1970.

Stanford, William B. *The Ulysses Theme: A Study in the Adaptability of a Traditional Hero.* New York: Barnes and Noble, 1968.

Steinberg, Irwin R. *The Stream of Consciousness and Beyond in Ulysses.* University of Pittsburgh Press, 1973.

Sultan, Stanley. *The Argument of Ulysses.* Ohio State University Press, 1964.

——. *Eliot, Joyce and Company*. Oxford University Press, 1987.

——. *Joyce's Metamorphosis*. Gainesville: University Press of Florida, 2001.

Thomas, Brook. *James Joyce's Ulysses: A Book of Many Happy Returns*. Louisiana State University Press, 1982.

Thom's Official Dublin Directory. Dublin: Alex. Thom & Co. 1904.

*Thornton, Weldon. *Allusions in Ulysses: An Annotated List*. University of North Carolina Press, 1968.

——. *Voices and Values in Joyce's "ULYSSES"*. Gainesville; University Press of Florida, 2000.

Tindall, William York. *James Joyce: His Way of Interpreting the Modern World*. New York: Scribner's, 1950.

——. *A Reader's Guide to James Joyce*. New York: Octagon Books, 1959. 早期有名的導讀。

——. *A Reader's Guide to Finnegans Wake*. Syracuse University Press, 1996.

Tymocko, Maria. *The Irish Ulysses*. University of California Press, 1997.

Wales, Katie. *The Language of James Joyce*. New York: St. Martin's Press, 1992.

Wall, Richard. *An Anglo-Irish Dialect Glossary for Joyce s Works*. Syracuse University Press, 1987.

Wilson, Edmund. *Axel's Castle. : A study of the Imaginative Literature of 1870 to 1930*. New York: Charles Scribner s Sons, 1931.

3 中文資料

金隄（譯）。《尤利西斯》（上／下）。台北：九歌出版社，1993/96。

蕭乾、文潔若（譯）。《尤利西斯》（上／中／下）。台北：時報出版，1995；貓頭鷹（重排版，上／下），1999。

Demers, Pierre E. *Ulysses Annotated: A Study Guide to Chapters I, III, VI, VIII.*《優力西斯注》。台北：書林出版社，1985。

林怡俐（譯）。《喬埃斯》。台北：光復，1988。頁 199-251（*Ulysses* 部分僅譯第一章）。

莊信正。《尤力息斯評介》。台北：洪範，1988。

——。《海天集》。台北：三民，1991。內有專文〈尤力息斯和中國〉（頁 173-203）。

——。《文學風流》。台北：時報，2001。內有(1)〈懂不懂〉，頁 43-63 (2)"Serendipity"頁 216-9；(3)〈喬伊斯與牛津英語詞典〉，220-3；(4)〈布魯姆日〉，224-7；(5)〈夜市〉，228-31。

陳恕。《尤利西斯導讀》。台北：時報，1995。

袁德成。《詹姆斯‧喬依斯：現代尤利西斯》。成都：四川人民出版社，1999。

林玉珍（譯）。《喬伊斯傳》。台北：九歌，1995。原書為 Costello, Peter. *James Joyce: The Years of Growth 1882-1915.* New York: Pantheon Books, 1992.

白裕承（譯）。《喬伊斯》。台北：貓頭鷹，1999。原書為 Anderson, Chester G. *James Joyce.* London: Thames and Hudson, 1967。

《中外文學》第 26 卷第 5 期（1997 年 10 月），〈喬伊斯評論〉專輯。第 32 卷第 9 期（2004 年 2 月），《尤利西斯》專輯。

九歌文庫 1227

面對尤利西斯

著者	莊信正
創辦人	蔡文甫
發行人	蔡澤玉
出版發行	九歌出版社有限公司
	臺北市八德路3段12巷57弄40號
	電話／25776564・傳眞／25789205
	郵政劃撥／0112295-1
九歌文學網	www.chiuko.com.tw
印刷	晨捷印製股份有限公司
法律顧問	龍躍天律師・蕭雄淋律師・董安丹律師
初版	2005（民國94）年6月16日
增訂新版	2016（民國105）年6月
定價	**280元**

書號	F1227
ISBN	978-986-450-064-2

國家圖書館出版品預行編目(CIP)資料

面對尤利西斯 / 莊信正著. -- 增訂新版. --
臺北市 : 九歌, 民105.06
　面 ；　公分. -- (九歌文庫 ; 1227)
ISBN 978-986-450-064-2(平裝)

1.喬伊斯(Joyce, James) 2.小說 3.文學評論

873.57　　　　　　　　　　105007081